元川吟草

袁孝友 著

时代出版传媒股份有限公司
安徽文艺出版社

图书在版编目（ＣＩＰ）数据

晓川吟草/袁孝友著. —合肥：安徽文艺出版社，2023.10
ISBN 978-7-5396-7804-7

Ⅰ．①晓… Ⅱ．①袁… Ⅲ．①诗集－中国－当代
Ⅳ．①I227

中国国家版本馆 CIP 数据核字(2023)第 125607 号

出 版 人：姚　巍
责任编辑：王婧婧　　　　　　　　封面设计：汇文书联
....
出版发行：安徽文艺出版社　　www.awpub.com
地　　址：合肥市翡翠路 1118 号　　邮政编码：230071
营 销 部：(0551)63533889
印　　制：武汉鑫佳捷印务有限公司　　(027)87531185
....
开本：710×1010　1/16　印张：16　字数：230 千字
版次：2023 年 10 月第 1 版
印次：2023 年 10 月第 1 次印刷
定价：88.00 元
....

游览敦煌鸣沙山

参观孔庙孔府

参观老舍茶馆

登泰山

游览桂林漓江

参观毛主席故居

游览丽江玉龙雪山

祖孙乐

办公照

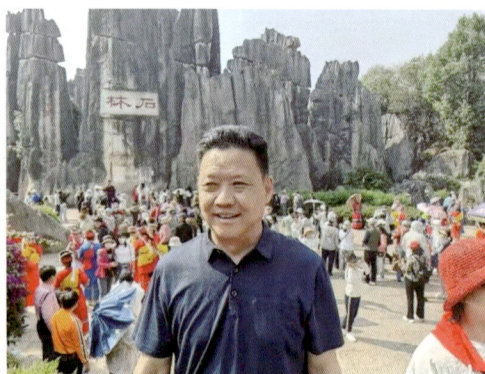
游览昆明石林

序言

祝家明

　　袁孝友先生近年诗词作品结集，即将刊印，嘱我写几句评语。因得先睹之快，不揣浅陋，亦妄议之。

　　诗颂时代：

　　中国特色社会主义进入了新时代，中国已全面建成小康社会，党的第一个百年奋斗目标已经实现，中国人民正豪情满怀地向着第二个百年奋斗目标迈进，中华民族伟大复兴进入了不可逆转的历史进程。置身这个伟大的时代，身为参加祖国建设事业伟大实践的普通一员，作者颂山雪落茂棘，赞雨壤哺五谷。

　　诗赋生活：

　　丰厚的生活积累是诗词创作的不竭源泉，丰富的人生历练更拓宽、提升了作品的题材与境界。作者长时间担任地方或部门领导职务，事务虽忙，诗情未减，公务之余，笔耕不辍。集中部分作品即是作者工作、生活的艺术反映。如"茶竹桑麻话收支"（《卜算子·扶贫》）写扶贫工作的落细落实，"狂澜既倒方舟济"（《抗洪》）写抗洪抢险的急难险重，这些描写，场面生动，让人如闻如见。其所以感人者，因作者亲历亲感，故笔下有情。"基层多少感人事，每想精神力量加。"（《看话剧〈李夏〉感怀》）我想，很多时候，这也是作者创作的感情动因。

　　工作之余，作者学习、游历，与亲友相聚，多彩生活亦在集中留下琳琅佳作。"忽有感知来，挥毫情满怀"（《菩萨蛮·夜读》），正是读书有获的一刹那喜悦，非有所感悟者不能道。"满载一车秋色，喜观层岭金黄。山神撩我看斜阳"（《西江月·夜宿马鬃岭》），游兴也，逸兴也。"天人合一真元养，健体强筋自在神"（《太极拳》），写健身。"渔舟唱晚炊烟起，已醉柴扉土酒香"（《晚秋》），描绘了一幅恬淡静美的水乡暮归图。

描绘生活画卷，充满生活情调，是本诗集的又一特色。

诗咏情怀：

抒情是诗歌的主要艺术功能，诗词创作最见情怀。本集中，那些描绘工作经历、生活感悟的作品正是作者情思韵致的体现，或生动形象，或含蓄蕴藉。"期儿暮色门"（《母亲节有感》），是亲情；"和鸣琴瑟陪伊"（《清平乐·七夕致内子》），是爱情；"不觉春深花别树，已尝初夏果盈盘"（《毕业赠言》），是友情；"垂髫识字师启蒙，皓首学诗生律吕"（《端午师生情》），是师恩难忘，师生情长。

尤其值得称道的是，集中许多作品，情思深挚，有致远之思。"浪涌豪情追彼岸，风扬壮志抵云涯"（《万佛湖游记》），"博物馆听楚汉史，宋城墙看一千秋"（《寿州游》），"明月千年照川树，人生闪亮几回秋"（《春江思绪》），"百年岁月何其短，抱朴埋头做老牛"（《六一偶得》），"日落千山外，川流万里遥。眼中天地大，脚下几河桥"（《观长河落日有感》），这些诗，情深境阔，沉着稳健，是难得的佳作。

艺术上，作者多用赋的手法作形象描绘。"远眺水烟迷漫，近观浮线飘澜。忽惊咬饵钓竿弯，喜看渔翁打转。"（《西江月·冬钓》）词中钓者形象鲜明，画面极具喜感。有一首题图诗云："肩扛被卷手提袋，怀抱娇儿累断腰。步履艰难心向往，抬头举目路迢迢。"（《赞而叹之》）描写打工青年女子的艰辛与期盼，令人过目难忘。

理想照进现实，诗心映照生活。诗心若在，生活即是诗意的栖居。掩卷思之，诗亦在眼前。

目录

三　敬业篇

四　山水物华篇

晓川吟草

五　佳节篇

晓川吟草

六 亲友篇

晓川吟草

一
修身篇

草木遐思

花绽心灵美，香飘眼底来。
山川依旧貌，草木逐新材。
早起霞光树，晚登风雨台。
灵魂思绝顶，万物尽归哉。

一剪梅·秋思

一碗香茶几首诗，百味人生，萧瑟秋思。斜风细雨带凉来，
衣透肌寒，几缕蚕丝。

雨溅竹窗落叶稀，更漏声声，睡意迟迷。时光飞逝岁难留，
不负韶华，吾与谁齐？

人生

爱是人之本，知识绿冠繁。
一生如大树，根干叶枝全。
欢喜仁慈具，爱心自悟禅。
真知常引领，美好伴君前。

校园随感

满眼葱茏桂树馨，苍松翠竹读书亭。

一年春盛生机旺，养性修身看史经。

修行之道

读《格言联璧》有感。

至上之人品，言行素养成。

德高群望重，谨慎典书精。

学识随天进，聪明问且清。

目标宏又达，洞彻近思耕。

进修感言

来自东南西北中，有缘党校喜相逢。

谁言两月时光短，携手同心情义融。

一 修身篇

幼学

粗布青衫酱面郎，粥汤咸菜饿饥肠。

画书抢看皮撕烂，毽子翻花土卷扬。

上树偷梨身手快，下河钓鳝技能强。

飘然一过人生半，老梦依稀在校堂。

菩萨蛮·夜读

月光如水孤灯闪，昏花老眼书行暗。料峭倒春寒，夜深耕读欢。

临窗寻雅句，意境难言语。忽有感知来，挥毫情满怀。

幸福根源随想

热情多快乐，友善好机缘。

遇事专心做，逢人笑脸宣。

且珍当下地，看淡未来田。

幸福人生愿，安康得永年。

禅定

春来柳绿百花娇，秋到桐黄落叶飘。

万物循环皆定律，顺乎自在乐逍遥。

太极拳

意守丹田气下沉，虚凌顶颈脑无尘。

沉肩坠肘龙盘势，拔背含胸马步蹲。

正静中松罗汉相，身形念气鼎钟魂。

天人合一真元养，健体强筋自在神。

读孔子论诗有感

至圣千年教小子，兴观群怨赋诗篇。

大夫赤子心行敏，君子仁人口讷言。

不比周和为善与，或抒叹恨报天坛。

诗心良蕴涵诗意，远事邦国近事严。

蝶恋花·晨练

早起绵绵睁睡眼，步道河边，太极拳常练。蝉唱瀰枝濒水暖，
婆婆舞扇修身段。

阳照涟漪光耀眼，舟过波开，惊扰灰凫伴。中正放松空念观，
天人合一身心坦。

读《人间词话》手稿二有感

苦难雕琦树，高楼觅坦途。

人疲骢匮匮，矢志慕鸿鹄。

上下追求矣，梦圆成真乎。

词林合正韵，三境步云图。

读《笠翁对韵》之"八齐"有感

（一）圣人吟

阙里寻常第，颜渊陋巷寒。

先哲庠序处，世代道之端。

莫忆隋堤柳，休言万户欢。

王朝成往事，又念子曰篇。

（二）自吟

桃李成蹊凭雨露，榆槐伞盖赖根深。

功名利禄身旁物，嚼字作文赤子心。

读《孟子》之"养心莫善于寡欲"句有感

寡欲心思少，少思正气足。

气足多好运，遇事贵人扶。

欲少须修养，修身赖阅读。

琴棋书画赋，鹤寿自成佛。

感悟为戒

人事无常天有常，中和守正自祺祥。
不为名利迷心眼，身泰家安福寿长。

吾师赞

近来有幸常与老师欢聚，有感于其处世为人，草成一律，以表敬爱之情！

鹤发童颜眼界明，历尽沧桑党精英。
出身厚德根纯正，立志亲民国干城。
三市耕耘勤砥砺，全心奉献享清名。
欣逢盛世黄牛颂，皓月清风伴一生。

六十寿宴赋

六根红烛蛋糕鲜，花甲寿筵香酒添。
三代同堂天命厚，一生守拙素心恬。
风霜染就鬓丝白，岁月熬成蔗境①甜。
赋野南山常采菊，清风明月却寒帘。

注释：①蔗（zhè）境：比喻人的晚景美好。

江城子·花甲生日咏

　　心清花甲白云边，忆从前，看来年。岁月峥嵘，一步一凭栏。霞照西山无限美，船到岸，息波澜。

　　欣闻来日胜从前，担离肩，享清闲。马放南山，采菊把家还。老友新朋情义重，勤执手，更言欢。

肩疾吟

　　少小艰难日，柔肩井水担。

　　三家缸每满，两桶月常涵。

　　积岁勤成习，平生苦作甘。

　　老来何所愿？种菊蜀山南。

读《小窗幽记》感言

　　百年孤独几人知，利禄功名蚂蚁痴。

　　幽记小窗清毒散，安康福寿悉遵之。

二　勤学篇

实践课赞

情景模拟课，内容形式新。

学生区长假，剧本演员真。

"上访"心思恼，回答态度亲。

创新教与学，实践课精神。

周末吟

校园静悄悄，喜鹊喳喳叫。

归心如矢箭，趋车似鹰鹞。

或为工作急，也想儿孙抱。

不见隔几天，周末团圆笑。

学趣

校园散步享清闲，点点窗灯捧典虔。

可爱蛐蛐尽情唱，共鸣之处动心弦。

毕业赠言

东君灿烂喜凭栏，满目葱茏百鸟欢。

不觉春深花别树，已尝初夏果盈盘。

依稀路上晨行健，难忘课堂厚德丹。

莫负人生好时节，三牛奋进壮心磐。

蝶恋花·毕业感怀

春意阑珊迷碧树，樟蕊飘香，多少推心路。喜鹊旦鸣春梦悟，课堂贯注灵魂铸。

两月朝朝同吃住，形影相随，友谊真相互。际会春风晴晓处，霞光乍现腾云步。

毕业赋

春花易辞树，日月似穿梭。

乍到芽含露，如今叶展荷。

朝朝课同上，暮暮步齐挪。

友谊心中记，遥听盼凯歌。

相见欢·惜别

风和雨润花红，校园中，相伴朝朝暮暮、乐融融。

林荫道，课堂泡，用真功。恰似芳华回放、意朦胧。

同学赞

庐州多俊彦，文武俱超强。

铁骨英雄汉，虚心尔雅郎。

腹藏书万卷，言表语华章。

今日中流柱，来年主一方。

抛绣球

（一）

五彩绣球扬手抛，长弧一道落肩包。
掌声欢笑时光快，学习健身成素交。

（二）

马步深蹲气下沉，眼明腿快绣球寻。
后前左右飘肩篓，敏捷猕猴同学钦。

朝林鸣凤（藏头诗）

为朝林同学题。

朝南峻岭景光明，林壑松涛石径行。
鸣鸟双双游客醉，凤翔云彩寄诗情。

晓川吟草

咏祝同窗（藏头诗）

学校学习快结束了。两个月来，同小组十三位同学互相关心，互相帮助，友谊日增，相处融洽。兹为十二位同学各写一首藏头诗，记录这些美好时光。

（一）柯华好运

柯亭经世显贤才，华绽寒香赛蜡梅。

好友谦恭正君子，运升福寿自身来。

（二）恒新欢欣

恒心笃定目标清，新谱鸿章金玉鸣。

欢奏凯歌迎虎将，欣逢盛世建功荣。

（三）海波福寿

海上生明月，波涛万里光。

福祥被广宇，寿与赤松长。

（四）洪波顺利

洪福继严慈，波舟正定思。

顺流游彼岸，利国举旌旗。

（五）娅娟如旭

娅姹贤良语表强，娟妍大气好端庄。

如馨沉稳有能力，旭日东升路更长。

（六）光彪圆满

光彩从来苦难中，彪章青史志英雄。

圆心积厚蹈行远，满树花开硕果丰。

（七）松水万福

松高五岳端，水激四洋宽。

万物生天地，福来心自安。

（八）海莉安好

海上有仙山，莉香幽树间。

安心陶令梦，好酒赋诗闲。

（九）学功大用

学海苦为舟，功成上九楼。

大家修德厚，用到拔头筹。

（十）石阶望重

石出水如屏，阶升上岸亭。

望江千万里，重任胜闲庭。

（十一）晓霞如意

晓看皖江岚，霞光阙境潭。

如诗画图里，意蕴口含甘。

（十二）赵农业隆

赵府好儿郎，农黄①后裔强。

业精志高远，隆干可封疆。

注释：①农黄：神农和黄帝的合称。

祝贺市诗词楹联学会年会召开

辞旧收成满，迎新壮志遒。

群英今日聚，学会未来谋。

歌颂新时代，攀登十二楼。

凝心真善美，助力六安州。

贺安徽太白楼诗词学会六安站挂牌

（一）

吟河澎湃好行舟，大别风光笔底收。

淠岸骚坛立新站，诗词太白上高楼。

皋陶故里文华盛，百姓江山画卷牛。

庆典祥音尚缭绕，欢歌一曲六州头。

（二）

文风浩荡六安州，骚客如云雅韵秋。

太白诗牌新挂起，添花锦上祝头筹。

二、勤学篇

刘教授讲三史①

教授说三史，宣传大六安。

忠魂抔热土，使命初心坚。

博引旁征讲，诙谐精彩谈。

长征新跨越，重任勇担肩。

注释：①三史：魏晋南北朝以《史记》《汉书》《东观汉记》为三史。唐开元以后，因《东观汉记》失传，乃以《史记》《汉书》《后汉书》为三史。这里指中共党史、新中国史和改革开放史。

六安一中①新校赞

兴教从来社稷根，皋城②名校百强群。

英才荟萃通天下，桃李芬芳遍业尘。

凤愿宏图筑广厦，新园梦想冠黉门。

百年老树枝繁茂，姹紫嫣红又一春。

注释：①六安一中：指安徽省六安第一中学，它是安徽省属重点中学、全国文教战线先进单位、全国现代教育技术实验学校和安徽省级示范高中。

②皋城：安徽省六安市别称。六安，安徽省辖地级市，位于安徽省西部，大别山北麓，属于华东地区，在江淮之间、淠河上游，著名景点有白马尖、九公寨、万佛山、皖西大裂谷等。

晓川吟草

诗宜平淡①

措辞求典雅，描绘想斑斓。

达意言之外，跟前状物艰。

注释：①梅尧臣是宋诗的"开山祖师"。在艺术上，梅尧臣注重诗歌的形象性、意境含蓄等特点，提出了"状难写之景如在目前，含不尽之意见于言外"（欧阳修《六一诗话》引）这一著名的艺术标准，并提倡平淡的艺术境界："作诗无古今，唯造平淡难。"（梅尧臣《读邵不疑学士诗卷杜挺之忽来因出示之且伏高》）

学诗（之一）

（一）

兴观群怨学描诗，得意忘言六义之。

心志辞婉形象语，交融情景性灵奇。

（二）

近几年来学写诗，临摹凑韵费心思。

国风骚雅题糙句，崇尚性灵博采之。

农家学子

谁家小子好儿郎，冒雪顶风上校堂。

露白棉衣疑絮出，冻红脸蛋赛梅妆。

泥桌土凳习文苦，慈母严师育品良。

学海无涯舟勇渡，光前裕后比孙康。

冬训

寒冬天气冷，教授很辛勤。

白昼传人道，天黑秉烛斟。

课程虽一样，对象且区分。

理论联实际，学员听入神。

祝贺安徽诗人之家年会召开

江淮骚客聚，岁末赋词篇。

感悟经年累，交流日月鲜。

隔屏常笔会，见面好言宣。

吟咏觥筹错，诗情上碧天。

步韵敬和马凯先生贺中华诗词五代会召开

华夏雄鸡唱，吟坛奏雅声。

挥毫逐浪海，赋韵贴民情。

诗圣唐风继，苏仙月句萦。

铿铿齐老凤，济济后昆鸣。

行香子·祝贺六安诗词楹联学会三十华诞

淠水①滔滔，英霍巍巍，好山水韵律瑶瑰。诗坛长幼，吟咏芳菲。赞风同采，词同唱，韵同为。

英年而立，华章添彩，喜群贤美赋同辉。诗心实在，善美真追。愿赋常新，比常切，兴常魁。

注释：①淠（pì）水：指淠河，位于安徽省西南部，发源于安徽省安庆市岳西县和安徽省六安市金寨县境内的大别山北麓。流经霍山县、岳西县、六安市、淮南市，于安徽省淮南市寿县正阳关流入淮河，是淮河右岸的主要支流之一，在古代又称沘水、白沙河。

贺六安诗词学会三十华诞

卅载诗坛景象荣，人才济济百家鸣。

皖西山水钟灵秀，淠岸风情育俊英。

歌赋激扬开放赞，辞章豪迈富强声。

金秋盛会听新曲，一鹤晴空万里情。

赞六安诗坛

岁开祝福庆新年，燕舞升平锦绣篇。

诗友同心歌盛景，华章齐韵比前贤。

三牛奋起田园美，六地腾飞气象千。

不负山河千古秀，并肩踵武勇争先。

秋分诗友会感赋

丰收时节看金黄，汗水赢来五谷香。
田野农机排雁阵，山冈板栗满箩筐。
榴红枣紫酥梨果，菊艳蟹肥羊肉汤。
秋月清辉添喜气，良朋老酒赋诗行。

谒李白墓

拜谒诗仙墓，临读韵律文。
重温天姥句，再悟酒仙心。
妙笔千秋赞，才思万古钦。
辞章唤风雨，泼墨泣魔神。

上"诗词吾爱"网百日感怀

注册诗词网，攀登吾爱台。
每天习雅韵，百日有情怀。
高手临摹仿，名篇仔细揣。
珍惜好学校，养善技神来。

诗者咏

（一）

诗者人龙凤，雅称墨客骚。
自标真善美，或谓悟空高。
看淡功名利，羞沾富贵袍。
修心接天地，泼墨泣神豪。

（二）

诗者仁心厚，纯真具慧眸。
五车通远古，痴爱上高楼。
牧野忧家国，贪杯恋夜游。
风流其独醒，秉善恶为仇。

（三）

总想神来笔，篇篇锦绣章。
诗骚汲古井，李杜采锋芒。
境界随时代，文心赖自强。
诗词愉悦事，佳句靠平常。

周末偶拾

周末闲暇意，清欢陋室铭。

无闻琴瑟奏，不见事劳形。

咏诵桃夭句，研磨对韵经。

拾微学感悟，拙笔记诗屏。

寄语高考学子

漫漫人生路，莘莘竞渡舟。

十年磨一剑，今日亮吴钩。

父母拳拳意，美景代代谋。

相如归驷马，汗水写春秋。

再致高考学子

雄鸡鸣雏雏，骏马赛良车。

破土青青竹，临轩灿灿花。

流泂鱼急急，纸上笔沙沙。

世事催人紧，苍山伴落霞。

晓川吟草

亦致高考学子

东旭朝霞美，扬帆竞渡舟。

十年磨利剑，今日亮吴钩。

万马阳关道，平生鹳雀楼。

雄鹰初展翅，吐凤壮心酬。

考后寄语

大考出来晴朗天，书包放下小神仙。

打拼之后随它去，翻过此山有那泉。

【正宫·黑漆弩】诗词吾爱

平生无志逍遥派，底蕴浅本性难改。业余时附雅追风，拙笔
孜孜博采。

〔幺篇〕到如今花甲将来，抱负渐趋无奈。与贤人爱上诗词，
倒也是余生表态。

世界读书日偶感

书本是阶梯，徜徉美德溪。

灵魂常洗礼，品性贵修齐。

立志马蹄急，倾心映雪迷。

其中天地大，振翅比金鸡。

学杜诗初得

格高东岳松，家国赤心中。

纪事成诗史，抒情出寸衷。

主题朝代困，椽笔庶民穷。

景物托言志，壮怀齐燕鸿。

修辞凝练彩，格律自然工。

美韵千年唱，神州颂国风。

诗会赞歌

大观楼下渭河滔，水活风生逐浪高。

荷月欣逢诸葛会，旌旗升举九鹏翱。

祝贺金寨诗词楹联学会成立（新韵）

才香八月桂花开，又喜诗团庆挂牌。

歌颂老区新硕果，传承英烈美情怀。

践行讲话谆谆语，礼赞人民济济才。

旌旗基因永赓续，唐风宋韵任君裁。

祝贺叶集区作协成立

欣欣红五月，火火史河湾。

风雅结新社，山川展笑颜。

未名愿赓续，四杰梦回还。

遥祝帆悬正，潮头踏浪闲。

【仙吕·锦橙梅】学书

手颤颤地点画描，眼花花地篆碑瞧。年轻时候浅功夫，花甲了来装俏。修身养性浪潮，趋风附雅烧包。书者心画线条。上云霄，名利忘真奇妙。

三

敬

业

篇

花甲吟

癸卯年正月底我就六十周岁了，所谓花甲之年。六十年中，工作了四十一年，辗转六个单位。岁月悠悠，时光白驹过隙；路途漫漫，往事历历在目。在即将退休之际，回顾走过的路，感慨颇多，唯存感恩之心。草成十律，以作纪念。

（一）

花甲将临意念何？码头回岸感知多。

黄牛风范相差远，老马精神不逊颇。

四秩年华常砥砺，半生岁月几蹉跎。

归来宅静时光慢，身隐南山可种禾。

（二）

庐西乡下放牛娃，父母辛劳养育他。

立志寒门勤学子，跻身农校荡渔槎①。

三年分配科研所，一载荣登干部家。②

改革潮头随命运，布衣从政献芳华。

注释：①跻身农校荡渔槎（chá）：1979年9月，我初中毕业，考入农校。槎，木筏。

②"三年……干部家"句：1982年7月，我从农校毕业，被分配到地区农科所工作，一年后调到行署人事局工作。

（三）

人事从来第一桩，打牢基础品行强。

勤能补拙鸡鸣起，学贵专心烛下忙。

晓川吟草

敬老唯诚先拾履，尊贤向善后扬长。

青春不悔鸿鹄志，十六年余炼好钢。①

注释：①"青春……炼好钢"句：我在行署人事局工作了十六个年头，从办事员、副科、正科到编办主任助理。

（四）

风清气正好机关，两任恩师良苦传。①

立德修为政之本，诚心笃志节乎贤。

文章快手人称赞，腿脚勤能事领先。②

年富力强就科长，挥鞭跃马向无前。

注释：①"风清……良苦传"句：在行署人事局工作期间，我得到了领导和同事们的关心与帮助。编办主任是我的直接领导，又是业务上的导师，手把手教育、培养我，对我恩重如山。局长特别关心、爱护我，在他的培养、教育下，我进步很快。

②"文章……领先"句：我在行署人事局（编办）工作期间，文字能力得到了很快的提高。参与了1988年、1993年、1998年机构改革工作，参加了1992年初的撤区并乡、县市合并等工作，主要负责草拟方案文稿等。参与了开发区、试验区体改方案起草等。1997年《半月谈》转载了我写的《乡镇机关亦要精兵简政》。

（五）

史水明珠叶集湾，六年风雨几多难。①

创新发展开先路，试验追求上马鞍。

商贸兴区区位好，人才立镇镇前宽。

基层一线练身手，群众为师苦也欢。

注释：①"史水……几多难"句：1999年3月，我被地委任命为新成立的改革发展试验区管委会副主任（副处级），到2004年12月调离，在试验区管委会工作了六年。

（六）

五楼阡陌纵横修，二道河床疏浚愁。①

种草养羊心愿美，退耕植树岭头幽。②

新桥花卉上千亩，集镇小区三十楼。③

同事忠诚谋事业，艰难岁月结良俦。④

注释：①"五楼……疏浚愁"句：五楼，指五楼村，是我到叶集试验区工作后第一个农田整治项目所在村，工程得到了省市财政部门（农发局）的肯定。二道河疏浚工程是 2002 年实施的一个水利项目，对年久失修、淤塞严重、常常积涝成灾的二道河进行清淤疏浚。拆迁补偿难度大，工程土方量大，施工环境复杂。在大家的共同努力下，投资一千万元的二道河疏浚工程如期完成，项目参加全省年度水利兴修"江淮杯"评比，获银奖。

②"种草……岭头幽"句：种草养羊项目是当时争取到的比较大的世行项目，中央财政担保世行投资二千多万元，旨在发挥羊肉传统美食的优势，以贷羊还羊方式，扶持贫困户养羊，帮助他们尽快脱贫致富。退耕还林是 21 世纪初国家实施的生态建设工程，试验区由于是功能区未能列入，经多方争取在县里挂户，超额完成三年四万五千亩任务，工程对丘岗乡镇林业发展和群众增收起到了促进作用。

③"新桥……三十楼"句：新桥千亩花卉基地，是试验区实施的一个大项目，也是建设全省西大门的形象工程。项目建设起步晚，动作快，机制活，效果好，得到了六安市委、市政府的充分肯定，获得了市绿色长廊工程建设的金奖。2003 年到 2004 年底，我分管城建工作，参与第一个城市小区阳光商业城建设。

④"同事……结良俦"句：在试验区工作的六年，是我走出机关深入基层的六年，也是拜同事和群众为师的六年，与领导和同志们结下了深厚的感情，这成为我人生的宝贵财富。

（七）

白莲崖①上坝真高，发电防洪蓄碧涛。

双拱成形新设计，移民迁建暖衣袍。

安家河畔春光美，千笠寺旁鱼钓陶。②

黑石渡村风景线，淠河沿岸可观桃。③

注释：①白莲崖：白莲崖水库工程，位于安徽省六安市霍山县大化坪镇白莲崖村，在东淠河佛子岭水库上游的西支——漫水河上，距下游已建的佛子岭水库26千米，距霍山县城约30千米。白莲崖水库是国家治淮骨干工程，具备防洪、灌溉、供水和发电多种功能。水库总库容4.6亿方，年发电1.06亿度，坝高104.6米（为全省第一座百米高坝），双曲拱混凝土碾压坝。大坝于2006年3月基础浇筑，2009年1月主体工程完成。工程建设和移民安置受到了水利部、淮委和省政府的肯定、表扬。我当时在县委、县政府分管这项工作，做了一些具体工作。

②"安家……鱼钓陶"句：安家河和千笠寺分别位于白莲崖水库上游漫水河的左右岸，隔河相望，风景优美。

③"黑石……观桃"句：白莲崖水库集中安置移民，在县城西郊黑石渡镇东淠河西岸，新建了白莲新村，二层徽派建筑，按人均不低于30平方米安置移民，一户一宅，附属设施齐全，就业有保障，成为东淠河上一道亮丽的风景线，省政府领导来看了很高兴。

（八）

铜锣寨①下郑家湾②，白马尖③阿梦想闩。

农业链条常补缺，林区特产勇攻关。④

教科文卫民生计⑤，竹药茶桑品位攀。

水利兴修省先进，登台领奖笑开颜。⑥

注释：①铜锣寨：铜锣寨景区，位于安徽西南边陲，是皖西南、鄂东北、豫东南交界之地。景区位于安徽省六安市霍山县西南部的上土市镇铜锣寨村，地处大别山腹地，东邻大别山第一高峰白马尖，西望国家森林公园天堂寨，南接湖北旅游胜地桃花冲，北依佛子岭水库和小南岳；省道318线和209线交贯其境。

②郑家湾：指郑家湾电站建设，历时三年，几经周折，终于做到领导满意、群众满意。

③白马尖：位于安徽省六安市霍山县和安徽省安庆市岳西县交界处，为大别山主峰，海拔1774米，因山峰形似白马而得名。其一峰独秀，群山俯首，且常年白云缭绕，甚为美丽。白马尖景区是国家AAAA级旅游景区，以山雄、壑幽、水秀而著称，层峦叠嶂。置身白马尖，仿若融入万山怀抱之中，或见孤峰独秀，拔地而起，直刺苍穹；或见双峰对峙，壁立千仞，一争高下；或见群峰林立，遮

天蔽日，气势磅礴。

　　白马尖旅游开发项目，为大别山庄度假村报批建设，市县政府重视，省林业厅支持，为山区经济发展和群众脱贫致富提供了支撑。

　　④"农业……勇攻关"句：我县是集山区、库区、老区、林区为一身的大别山腹地，工业发展一枝独秀，农林特产开发和产业化也走在全省前列，石斛、茶叶、中药材、蚕桑、毛竹等逐步成为农村的特色主导产业。2007年，我在县委、县政府分管农业，争取主要领导重视，出台了对特色农产品生产、加工、销售和"三品"认证的扶持政策，在北京、上海等地举办推介会，使我县农业产业化连续几年跻身省十强。

　　⑤教科文卫民生计：2004年底到2006年底，我在县政府分管文教卫广计生等工作，获奖多多。

　　⑥"水利……笑开颜"句：2008年，全省小水库除险加固现场会在我县召开，我县水土保持、小流域治理等水利建设多次被省市表彰。

（九）

县区工作十多年，岗位回归机构编。①

改革创新挑重担②，基层服务谱华篇。

清单肇造领头雁③，转制精谋责任田④。

上下同心盘总量，六安编办省居前。⑤

　　注释：①"县区……机构编"句：2010年3月，我被市委调回市直工作，任市编办副主任（编办在此轮机构改革中与人事局分开，单独设置）。2012年3月任编办主任，2021年8月转岗市人大农工委。

　　②改革创新挑重担：在编办工作的十余年，恰值国家全面深化改革时期，尤其是十八大后改革步伐加快，政府机构改革、事业单位改革、"放管服"改革等，时间紧、任务重、要求高，编办是牵头单位，压力很大。在市委、市政府领导重视下，我市几项改革蹄疾步稳，成效明显。

　　③清单肇造领头雁：指政府权力清单、责任清单和公共服务清单等，是"放管服"改革、行政审批制度改革、提升营商环境的重要组成部分。我省清单制度走在全国前列，被列为创新范例。

　　④转制精谋责任田：生产经营服务类事业单位转企改制，矛盾多、压力大，要求2020年底前全面完成。我市81家单位参与转企，其中市直19家单位1433

人，平稳完成转制。转制工作受到市委、市政府的高度重视，上下同心，合力作为，攻下了改革中的难关。

⑤ "上下……居前"句：机构编制是党执政兴国的重要资源。十年来，我们立足现状，在盘活编制总量、优化结构上下功夫，发挥了有限编制的最大效应。发改、经信、商务等经济主管部门和应急、环保、卫健、医保、退役军人等民生服务部门的人员编制得到充实、加强，许多创新做法得到了上级的肯定。

（十）

人生只有单程票，岗位时光四十年。

入职胸怀家国计，退休情怯德行笺。

忠诚老实唯勤奋，守拙清心顺自然。

恩重如山举镰斧，夕阳烛照向前贤。

沁园春·舒城

省会门庭，大别东阿，鱼米之乡。看龙舒大地，钟灵毓秀，流光万佛，献瑞迎祥。羽扇纶巾，文翁兴学，五马公麟国画光。越千载，叹地灵人杰，岁月沧桑。

迎来世纪华章。巢湖岸、凤凰展翅翔。赞招商引智，园区科创，重工活贾，三产图强。富裕乡村，旅游山水，大美舒城诗意扬。浪潮涌，喜千帆竞发，彼岸彰彰。

三 敬业篇

行香子·党校同学

辛丑春天，淠水清涟。喜相逢、党校同班。朝朝夕夕，刻苦钻研。有餐同桌，书同读，校同眠。

人生苦短，昙花一绽。把追求、装在心间。加油充电，矢志弥坚。愿新征程，新起点，谱新篇。

联合视察水利兴修感怀

阳光洒满康庄路，秋色斑斓稻谷香。

水利兴修擂战鼓，乡村建设谱华章。

防洪排灌民生固，铺路修桥百业昌。

生态六安花上锦，皋陶故里启新航。

结对青峰岭①

又到青峰岭，乡村振兴谋。

盘旋山路绕，翠接白云悠。

有志凌高顶，用心思解牛。

赠言后昆勇，乘势上新楼。

注释：①青峰岭：指青峰岭村，安徽省六安市金安区东桥镇下辖的一个村级行政单位。

晓川吟草

秋种记

（一）

抗旱育苗秋种忙，扶持大户水源旁。
干群科技斗天地，喜看平岗油菜秧。

（二）

喜雨随心到，秋播正好时。
假期来聚会，现场授真知。
今日钟情处，明天灿烂期。
春风若留意，大地尽朝晖。

（三）

雨露何滋润，深秋沃土欢。
墒情如意遇，种子把家安。
今日播千粒，来春喜万盘。
平畴成锦绣，天下享三餐。

（四）

四野轰鸣耕种忙，朝沾玉露晚霞光。
金秋汗水播希望，来夏粮油满谷仓。

（五）

嫩绿纤纤出，田原生命滋。
霜寒练筋骨，春雨发根枝。
寸土黄金贵，口粮农家基。
千畴描画卷，仓廪实如期。

杂感（新韵）（之一）

（一）

翻过一山又一程，千山万水似闲庭。
得失荣辱皆虚象，明月清风伴我行。

（二）

转岗履新时有闲，专心学问课题研。
一如既往勤服务，偶尔钟情七五言。

（三）

人生自古苦时短，情系家国责任担。
角色精心问无愧，家庭岗位美德传。

获奖感言

砥砺三年改革行，在公夙夜力耘耕。
殚精竭虑谋方案，务实从严不为名。

街道表彰会记（新韵）

年半回眸看，表彰先进村。

农庄图画美，产业链条新。

治理织天网，帮扶到个人。

家庭收入稳，集体作为臻。

党建播春雨，民生暖庶心。

支书领头雁，队伍岳家军。

鞭子勤高举，蛋糕多惠临。

张弓如满月，策马向前奔。

观扶贫

杭埠河①边转水湾②，扶贫事迹不一般。

香椿产业成支柱，群众生活有靠山。

往日增收凭苦力，今天致富赖资源。

帮扶贵在强经济，活水源头经验先。

注释：①杭埠河：长江水系巢湖的重要支流，位于安徽省中部，发源于安徽省安庆市岳西县境内大别山区的猫耳尖，流经安徽省安庆市岳西县，安徽省六安市舒城县，安徽省合肥市庐江县、肥西县，在三河镇注入巢湖。流域内有著名的杭埠河灌区及龙河口水库，有较好的灌溉和航运效益。

②转水湾：指转水湾村，安徽省六安市舒城县阙店乡下辖村。

又到转水湾

万佛湖边转水湾，仲冬季节看斑斓。

民居栋栋洋房美，麦菜青青流响潺。

老友新朋喜相聚，迎新辞旧笑开颜。

人生能有几回醉，把酒临风看大山。

转水湾村香椿富民赞

香椿富民业，省办助乡村。

万树摇钱杆，千枝公仆魂。

马鞍山耸立，转水浪前奔。

造福三农策，关情百姓恩。

归岗

秋高气爽艳阳天，长假归来业力坚。

夺秒争分一季度，焚膏继晷补从前。

乔迁喜（之一）

（一）

金虎出山气势雄，霞光万道照苍穹。
良辰吉日新程迈，东向乔迁事业隆。

（二）

周末加班蚂蚁忙，文书档案细分装。
埋头快干乔迁喜，靠近中心壮志扬。

感民恩

冻云迷岭千枫紫，寒雾锁城万户灯。
暖室习文思众庶，衔环结草为民丞。

秋怨（借句）

自古逢秋悲寂寞，茅房所破大风歌。
重山枫叶相思紫，老树枯藤黑雀多。
万里悲秋常苦旅，将军白发戍边瘝。
晚风菰叶生秋怨，少壮几时奈老何。

沁园春·十年感怀①

回首匆匆，风雨耕耘，砥砺十年。正改革浪涌，创新柳绿；寸心款款，绳墨严严。众志成城，你追我赶，如履如临冲在前。忆来路，任风吹浪打，气定神闲。

人生自古多艰。踏浪者、激流天地间。贵初心不改，宏图云鹤；精神抖擞，意志鸿磐。五岳登临，风光无限，无愧时光赋美篇。新时代，愿春风浩荡，捷报频传。

注释：①回到编办十年余，与同志们同甘共苦，齐心协力，在改革、管理、服务诸方面，做了许多有意义的工作。在即将转岗之际，感谢大家，以这首《沁园春》抒发心怀。上阕写十年间的艰辛与感受；下阕写对人生的感悟，对大家的衷心祝福——事业有成，岁月静好！

陈田上大学（五古）

孟秋天气爽，山色渐斑斓。

走访扶贫户，驱车诸佛庵。

才过小堰口，又进桃花源。

山路崎岖绕，来到西边山。

结对陈绪和，孙女叫陈田。

品学很优秀，考上农学院。

全家皆欢喜，凤凰飞出山。

大家来祝贺，围坐把话谈。

一讲家风好，忠厚又勤俭。

乡村当先进，邻里齐称赞。

父辈做榜样，子孙定勤勉。

二谈政策好，扶贫进校园。

助学措施实，上学没负担。

三嘱要珍惜，青春莫贪玩。

惜时如惜金，学习刻苦钻。

练就强本领，将来好接班。

家国责任重，感恩在心间。

众人一席话，感动小陈田。

默默频点头，汪汪双泪眼。

虽无慷慨语，但有丹心坚。

场景实感人，话语诚温暖。

言毕合影照，背景桂花艳。

临别依依舍，远送道路边。

扶贫贵扶志，助学遂人愿。

儿女有出息，一家党恩念。

又见大沙埂①（五古）

2020年5月中旬，市人大组织"进乡村、助脱贫、看振兴"专题调研。作为一名市人大代表，我又一次回到霍山，走进大沙埂省级现代农业产业园。目睹巨大的变化，回想当年初创的情景，感慨万千，诉诸笔端。

又见大沙埂，调研随人大。

槐月花香浓②，时序值初夏。

（一）

入园景象新，众人皆惊讶。

路宽循环绕，旁植乔灌花。

村庄多别墅，白墙琉璃瓦。

门前停轿车，不见摩托卡③。

田园整块块，新品一茬茬。

或是串串果，又有圆圆瓜。

前至厂房新，机鸣响哒哒。

言称物流园，冷链温不差。

农品保鲜久，隔日似采罢。

又进体验店，杂陈看眼花。

品味桑叶汁，回甘黄芽茶。

百合粉细白，灵芝胶囊大。

鳗鱼干丝嫩，有机鱼成粑。

东橄茶油④好，不逊西班牙。

涂氏蒜头香，爽口不留渣。

品汉唐清茗⑤，赏抱儿钟秀⑥。

流连难舍离，看客竞购拿。

旋即农家乐，水岸山脚下。

庭院摆盆景，垂钓在塘坝。

鸡鸣咯咯叫，黄狗摇尾巴。

开轩面场圃，远山青排闼⑦。

阳光穿竹线，天然享氧吧。

蓼茸蒿笋鲜⑧，鸡鱼产自家。

远客来吃住，预约把号挂。

注释：①大沙埂：指大沙埂村，安徽省六安市霍山县下辖村，位于安徽省六安市霍山县与儿街镇西部。该村属江淮丘陵地区，淮河流域，地处大别山余脉。

②槐月花香浓：农历四月槐树花开，浓香扑鼻，故称"槐月"，又称"麦月"，即麦子成熟的月份。

③摩托卡：霍山是山区县，也是安徽省工业经济强县，有"南宁国，北霍山"之誉。20世纪90年代后，霍山群众购买摩托车较普遍，当地人叫"摩托卡"。

晓川吟草

④东橄茶油：指安徽东橄茶油有限公司。

⑤汉唐清茗：霍山黄芽知名品牌，系霍山汉唐清茗茶叶有限公司生产。

⑥抱儿钟秀：霍山黄芽知名品牌，系安徽省抱儿钟秀茶业股份有限公司生产。

⑦"开轩……排闼"句：孟浩然《过故人庄》："开轩面场圃，把酒话桑麻。"王安石《书湖阴先生壁》："一水护田将绿绕，两山排闼送青来。"这里化用古人诗句。

⑧蓼茸蒿笋鲜：化用苏轼《浣溪沙·细雨斜风作晓寒》"蓼茸蒿笋试春盘。人间有味是清欢"。蓼茸，蓼菜的嫩芽。

（二）

车至终点下，中心①细考察。

书记叫梁东，手持小喇叭。

介绍园区情，激昂伴嘶哑。

农园起步早，建设自〇八。②

谋定大沙埂，肇始抓规划。

历届均重视，发展步稳扎。

"三生"统筹建③，目标四句话④。

"三产"融合紧⑤，"三园"⑥共攀爬。

主业茶桑药，辅以稻鱼虾。

五大理念实，产学创游佳。⑦

"农家乐"陶陶，"乡村游"恰恰。

"三品"认证多，有机绿色化。⑧

霍山资源富，园区先开发。

培经营主体，育"乡土专家"。

贸工农一体，增值产销加。

公司加农户，大户带贫寡。

增收渠道多，线上又线下。⑨

电商成规模，姑娘累手麻。

园区脱贫早，人均一万八。

生态旅游旺，吃住进农家。

农耕可体验，乡愁入童话。

指封山王河，复览南岳斜。⑩

组织推动力，群众愿参加。

上下同欲胜，园区迈步跨。

省级园已定，晋升报国家。

听罢梁君言，领导把他夸。

注释： ①中心：指大沙埂现代农业产业园游客接待中心。

②"农园……自〇八"句：2008 年，霍山县委、县政府决定，在与儿街镇大沙埂村建设现代农业示范园。

③"三生"统筹建：指生态、生产、生活"三生"统筹城乡复合体。

④目标四句话：指实现"村庄美、产业兴、农民富、环境优"的目标。

⑤"三产"融合紧：指农业与工业、服务业交叉融合的现代农业产业体系。"三产"，指农业与工业、服务业。

⑥"三园"：指产业融合强园、绿色发展兴园、创新创业活园。

⑦"五大……创游佳"句：指以"产、学、创、游"融合发展为核心、以茶桑产业为主导的，集现代农业、休闲旅游、科普教育、田园社区等多种功能为一体的经济体。

⑧"'三品'……绿色化"句：无公害、绿色、有机农产品和农产品地理标志，为"三品一标"认证。这里指霍山黄芽、霍山石斛、佛子岭有机鱼等特色农产品品牌。

⑨"增收……线下"句：线上指的是依托互联网进行的商业行为，如线上交易、线上推广；而线下则主要是指传统贸易所进行的各种行为。

⑩"指封……南岳斜"句：与儿街镇大沙埂现代农业产业园附近有指封山、复览山、南岳山。南岳山，原名天柱山，亦名霍山、衡山，近代又称之为小南岳。相传公元前 122 年汉武帝南巡时，曾站在复览山回望南岳山，因嫌南岳衡山太远，便封霍山县城南一高峰，也就是南岳山，为"副衡"。

晓川吟草

（三）

喜看今日变，回首忆槎枒。

万事开头难，牵头始擘画。

成立指挥部，研谋政策拿。

土地流转难，众口难协调。

入园企业少，路渠亟硬化。

扶持资金缺，搓手又挠发。

一旬一调度，一月一检查。

三年初见效，只把基础打。

一别十年整，时常亦牵挂。

而今细观览，愿景顶呱呱。

谁说农业弱？沙埂生奇葩。

老县①诚赠言，园区锦上花。

注释：①老县：我时任霍山县委常委、副县长，故自称"老县"。

四

山水物华篇

顺乎自然

春夏秋冬更替来，冰凌化尽柳枝裁。

人生万物轮回转，顺应天规乐想开。

采石矶①太白楼

采石矶上祭诗仙，傲骨遗风万古传。

斗酒百篇歌蜀道，清风明月不登船。

注释：①采石矶：又名牛渚矶，系采石风景区的一处景点，位于翠螺山山麓，与湖南岳阳的城陵矶、江苏南京的燕子矶合称"长江三矶"。采石风景区是AAAAA级风景名胜区，位于安徽省马鞍山市，以"李白文化""诗仙长眠之地"而闻名，景区有"太白楼""李白衣冠冢""谪仙园""李白纪念馆"等景点。

泾县①行

雾漫春晨早，山岚郭外斜。

溪喧鸟欢叫，树绿露含芽。

注释：①泾县：安徽省宣城市下辖县，位于安徽省东南部，宣城市西部。

晓川吟草

抬头喜

旭日东升万道光，抬头见喜喜洋洋。
仲春二月龙头举，一阵和风一阵香。

一剪梅·喜鹊闹雪梅

昨夜琼妃万物雕，四野茫茫，绿盖青消。数枝梅绽院篱东，梅雪相亲，共度良宵。

喜鹊一双叫树梢，比翼齐飞，戏闹梅娇。雪梅鸣鹊好诗情，把酒临轩，其乐陶陶。

喜鹊临门

春过清明暖气升，葱茏满目众生兴。
东风化雨新枝出，喜鹊临门树上登。

鸟乐赋

春旦鸟声鸣，嗜嗜唤醒卿。

禽欢成对唱，群戏大枝争。

巢筑梢头上，食寻旷野坪。

人间生态美，百雀庆升平。

鸟仙

临窗小雨润春天，禽鸟啁啾碧树穿。

成对成双秀恩爱，自由自在活神仙。

鸟巢

巢筑梢头自泰安，高瞻远瞩立枝端。

野禽也晓居尊位，情寄青云励志丹。

晓川吟草

鹰隼

雄视苍穹驾雾端，俯冲弱小捕食馋。

强存劣汰寻常律，物竞天择大自然。

白鸽

腾飞振翅朵云间，呼唤春风荡霾顽。

播撒和平息战火，寄托人类梦千年。

蟋蟀

夜静草根鸣，叽叽漏更声。

曾思蝉噪唱，又恐扰人惊。

不慕高枝站，只图地上行。

怜君孤夜寞，且奏侍眠笙。

咏蝶

父母宅旁水，丫儿阙境池。

池中无芰艳，泮有野花枝。

枝绽芬芳蕊，双蝶竞展姿。

花香蝶自恋，女孝美心滋。

西江月·冬钓

日照露台春暖，树荫溪畔风寒。淠河湾里钓清涟，结伴垂纶冬岸。

远眺水烟迷漫，近观浮线飘澜。忽惊咬饵钓竿弯，喜看渔翁打转。

响洪甸抽水蓄能电站①观感

巨盆两口建山腰，顾盼情深降落遥。

昼吐夜吞千万吨，上提下泄亿元超。

循环经济能源久，生态旅游客似潮。

感叹工程多梦幻，水流来往效益高。

注释：①响洪甸抽水蓄能电站：位于安徽省六安市金寨县境内的淮河支流——西淠河上，是一座以防洪、灌溉为主，兼有发电、水产、航运等综合利用效益的水利枢纽工程。

槐树

（一）

四月乡间景色新，村边阡陌看槐春。
素花绿叶飘香艳，满树家蜂采蜜辛。

（二）

众芳纷谢始全开，枝叶婆娑新蕊挨。
乡野扎根似平贱，甘甜蜂蜜树良材。

（三）

浑身是宝出生平，花叶清香酿蜜精。
四月城乡随处见，群蜂飞舞恋英情。

翠柏

春风吹嫩绿，雪压素中青。
寒暑平常态，尊荣守性灵。

石竹

鲜艳开三朵，红霞落绿坪。

随风生旷野，炫亮牡丹惊。

挂壁松

挂壁虬枝气质坚，立根岩缝似龙悬。

风霜雨露滋筋骨，天地之间自在仙。

银杏

毕竟风霜几亿年，人称化石植物仙。

存株稀少何珍贵，每到秋来落果鲜。

【双调·沉醉东风】梅

飘香处仙姿倩影，迎新春喜气红英。绽冰天，添冬景，暴风雪难掩温馨。不与繁花比靓屏，落红时春雷绿岭。

晓川吟草

泰山松

挺挺葱葱立岳巅，白云旭日自成仙。

立根土壤岩缝挤，枝挂霞光碧雾缠。

志趣清高风雪后，情怀雅尚谷风前。

峥嵘岁月经寒暑，虬干排排似赋篇。

六安吟坛第三期投稿

（一）临水镇①赞（藏头诗）

临淮通四海，水活达三川。

古韵铿锵地，镇扬时代篇。

注释：①临水镇：指安徽省的临水镇，隶属安徽省六安市霍邱县，地处淮河南岸，东与周集镇、冯井镇接壤，西与河南省固始县相邻，北与安徽省阜阳市隔河相望。

（二）山水古镇

三山毓灵秀，美酒出甘泉。

编柳甲天下，流连幸福田。

（三）临水镇赋

古镇千年美誉扬，人文荟萃好风光。

神钟名寺公孙树，亲水环山鱼米乡。

八景奇观天下绝，一泉甘洌玉醅香。

江山如画新时代，淮畔明珠更富昌。

一七令·花

花。

植物，名葩。

春最美，夏袈裟。

蜂蝶迷恋，女人自夸。

求欢月季献，婚庆百合佳。

京洛牡丹富贵，天山菊薯良嘉。

生离死别虞人美，嫦娥奔月燕脂华。

红梅

（一）

茫茫天地冻，杳杳众芳衰。

红朵枝头艳，报春冷峭时。

（二）

开轩冰雪白，举目秀枝残。

院角红花笑，心中不觉寒。

（三）

不忧桃李妒，未怕桂荷谗。

傲雪独枝绽，节高松竹搀。

红梅报喜

三九隆冬彻骨寒，篱西梅绽数枝丹。
红花朵朵添祥瑞，煮酒敲诗喜凭栏。

红梅报春

满树春光喜庆开，红花朵朵似娇腮。
一年美景它先到，祝福人间好运来。

桃花怨

帅哥都爱美娇娘，人面桃花扑鼻香。
墙内扎根墙外笑，只因院小露芬芳。

桃花情

桃花源里喜洋洋，灼灼其华人面妆。
世外仙居何处有？心存美好四时香。

芍药

王母仙丹落世尘，疗伤治病恶魔瞋。
花相牵手真情厚，共品槐香一路春。

蔷薇

春夏之交嫩蕊香，婆娑青翠古诗行。
汉宫买笑佳人喜，散入民间做绿墙。

桃花妒

朵朵桃花似美腮，春风浩荡柳枝裁。
夫妻结伴郊游乐，喜看龙头抬起来。

兰花吟

唯有琴心追雅趣，方来妙手育幽香。
红黄嫩蕊随春绽，佳节芝兰喜满堂。

锦绣杜鹃

疑是霞云落世尘，鲜红夺目露清新。
花开岁岁人情异，但愿明年更有神。

菊花（之一）

流金岁月斗寒霜，富丽堂皇天子装。
五柳钟情田亩采，子瞻错认呈名相。

金丝皇菊

（一）

嫩蕊金黄灿灿开，承阳饮露阙宫胎。

一杯玉液神清爽，疑是瑶池阿母来。

（二）

青枝绿叶色纯黄，金蕊秋冬映曙光。

举目萧条飘落木，唯君绽放送芬芳。

（三）

霜风冷雨露天寒，柳荡枯荷苇絮残。

忽喜东篱黄蕊嫩，且温陶令酒诗欢。

秋菊盛开

（一）

秋色斑斓冷瑟天，菊花竞艳亮篱前。

盛装朵朵娇鞶笑，开酒临君五柳篇。

（二）

秋霜染色叶施胭，菊绽东篱嫩蕊鲜。

盛景凌寒添暖意，开轩把盏慰流年。

金桂

融入秋风沁肺香，众英纷落竞芬芳。
卓然品质仙宫赋，不畏萧条斗冷霜。

八月桂

绿叶虬枝四季青，风霜雪雨立娉婷。
中秋蕊绽浓香远，神树原来在月灵。

秋香

云淡天高艳照凉，风清水静落桐黄。
浓香沁远桂花绽，圆月中秋送瑞祥。

松

立根岩石中，雪雨雾阳风。
本色青常态，节操尘世崇。

一七令·茶

茶。

嫩叶，鲜芽。

承天露，伴山花。

钟灵毓秀，天宝物华。

一杯嘉木品，四季快活侠。

待客敬呈香盏，会亲对饮神佳。

骚人墨客寄情物，僧众禅侣欣赏她。

为自伦兄弟残荷不败而作

残荷立水似虬龙，傲雪凌霜显肃容。

不仅红花绿裙美，更欣风骨斗寒冬。

水中仙子

芙蓉出水真娇艳，玉体凌波嫩蕊鲜。

看惯人间花万朵，一枝独放胜天仙。

采莲

灼灼红花渐次开，盘盘绿叶鼓蛙台。
苗条桨荡荷莲动，美景酥心赋兴来。

菡萏咏

婷婷玉颈立清潭，涩涩红腮巧倩颜。
锦鲤盘根悲少翅，蜻蜓猎艳喜翩翩。

夏荷

浓抹淡妆山水画，清风阵阵暗香来。
绿红成趣人人爱，贵贱焉能祖世裁？

夏午荷塘

蛙鼓荷裙鱼摆尾，芙蕖蕊绽吻蜻蜓。
蝉鸣柳线千秋荡，猫卧池边妄钓腥。

暑雨荷池夜

暑夜芙蕖悄自开，瑶池泪蕊雨裙颓。
荷仙何不求阿母？天幕掀翻月亮来。

秋荷

风笔轻描绿变金，翠盘漫卷向波亲。
枯枝立水沧桑味，造化泥潭换藕心。

新荷

新绿清香漫卷开，蕊鲜玉立美波腮。
不知情系何方客，逢夏殷勤渐次来。

花蕊后开

众花纷落呈芳蕊，才露尖尖绿叶奇。
蓄势只为开长久，不争春雨前几枝。

和祖美诗家看图说话词

灰鸭成双伴老荷，孤单小鹊瞅莲婆。

休言寒冷无生气，且等春回喜乐多。

高挂洪祖美原玉：

【双调·碧玉箫】秋荷

冰剑风刀，落魄也清高。夏月春宵，得志不轻飘。曾馨名掀热潮，今身心耐寂寥。相媚好，知己何言少？瞧，水上鸭和鸟。

一斛珠·霍山石斛

溪边石上，长冲①云峙松间创。遮光腐树供营养，数载劳忙，凤尾龙头样。

益肾滋阴调燥旺，清肝润肺怡喉嗓。一瓶枫斗②黄金降，仙草之冠，药典名声扬。

注释：①长冲：指霍山县长冲中药材开发有限公司。
②枫斗：指铁皮枫斗，又名万丈须，是一种名贵的中药材，用铁皮石斛鲜条加工而成。

晓川吟草

江芹

江滩有水芹，茎挺叶芸芸。
日月经风雨，冰心自馥芬。

萝卜

出身泥土品名高，顺气清心赛翠桃。
主妇冬天它最爱，进城药店把头挠。

油茶

傲霜斗雪素花奇，疑是琼妃落鹊枝。
金果橙黄油质好，怀胎抱子一年余。

板栗

干挺枝虬叶嫩黄，春青夏茂秋果香。
同胞兄弟常三位，破壳金圆泛紫光。

葡萄

露润珠圆翡翠光，甘甜爽口降虚阳。

观音玉串凡尘落，圣果颗颗送瑞祥。

十六字令·春

（一）

春。天地轮回万象新。年之首，执辔锦程奔。

（二）

春。群岭巍峨霞照村。林岚处，飞瀑鸟鸣琴。

（三）

春。杭溻蜿蜒明月临。渔舟晚，江月好温馨。

（四）

春。燕语呢喃沁肺心。归来也，游子早思亲。

（五）

春。原野朦胧生气氤。青苗长，烟雨牧笛音。

（六）

春。姹紫嫣红看柳荫。村姑笑，结伴浣纱巾。

晓川吟草

（七）

春。晨练公园早健身。功夫扇，六彩舞缤纷。

（八）

春。桃片夭夭伴美人。腮花映，好景梦牵魂。

（九）

春。杨柳依依送远巡。别时泪，牵挂望车尘。

（十）

春。织锦全年煞费神。吉祥运，祝愿梦成真。

平岗春望

今冬田野绿，春上遍黄花。
最美平岗岭，花园是我家。

春训

新月阳光好，风和百卉娇。
渠清因水活，苗壮赖肥浇。
修养诚如是，德行常对标。
虚心再充电，时代赶春潮。

春耕

春深草木萌，四野牧歌声。

柳绿川流劲，桃红雅客倾。

琅琅晨读早，急急马蹄铿。

岁首全年计，辛勤夙夜耕。

盼春

细雨微寒润柳芽，临窗竞艳报春花。

等来晴日风光好，乐坏邻居赵小丫。

孟春

乍暖还寒二月天，桃红柳绿线衣穿。

待到春分齐昼夜，莺歌燕舞看山泉。

春到霍山

崇山峻岭沐春晖，万紫千红掩翠微。

云雾茶园新蕊嫩，桃源水岸柳枝肥。

汪家冲上渔舟晚，东淠河堤白鹭飞。

全景霍山如画卷，人文荟萃主峰巍。

春光美

吉日春光美，和风景色新。

花红丽人笑，柳绿水波粼。

锄麦沾晨露，浣纱亲水滨。

今年好时节，勤奋在清晨。

【双调·水仙子】油菜谣

仲秋入土水肥追，冬雪浸苗筋骨培，来春绽蕊金黄绘。平畴诗意飞，凌霜寒唤醒春雷。绿如碧，香似梅，花海蜂迷。

春到江淮

春风又绿江淮岸，处处生机漫紫烟。

新柳亲波好山水，老居归燕古诗篇。

耕耘万亩时光紧，蒙正千童孝悌先。

最是一年梦飞季，心随美景赋思泉。

春游

刘峰先生一首《春游》，意象丰满，韵味无穷。以刘先生诗意改写七律一首。

翠柳临池轻拂处，春浓风裹蕊飘香。
新荷舒卷随心意，碧水摇情任徜徉。
原野离离阡陌绿，佳人款款少年郎。
流金岁月不常驻，莫负人生好景光。

高挂刘先生原玉：

春游

翠柳轻拂，临池处，风裹花香正浓。
新荷舒卷，暖阳下，碧水摇曳春红。
离离原野，阡陌如网，满是少年郎。
春景不常，莫负好时光。

春满六安

夭桃满坞醉诗家，淠水含情荡钓槎。
丽日和风春意闹，皋城青翠柳飘纱。

争春

开耕日暖艳阳天，柳绿垂丝吻淠川。
万物逢春竞鲜色，寒冬过后只争前。

晨曲美

春烟映阳照，黄犬尾频摇。
麦垄青苗旺，乡村晨曲韶。

孟夏畅想曲

鸟鸣杂树丛，楼卧曙光中。
举目生灵气，行车沐凯风。
莺沾玉兰露，荷立碧池蓬。
孟夏承平日，安康第一功。

夏夜

波光月影徊，人静柳蹊偎。
风暖轻衣爽，虫鸣把客催。

古寨暑晨

晨醒惊奇古寨村，露含翠绿嫩松针。
远山默默云烟起，近水潺潺玉佩音。
听雨品茗观美景，赏荷喝酒赋诗文。
问君采获霞光几？答客相逢友谊真。

阳照

灿烂穿苍雾雨停，中伏始有暑温升。
蝉鸣柳叶金光闪，犬卧门厅墨色宁。
久害潮湿霉气重，才临干爽晒衣轻。
天公不遂人间意，顺应图谋盼太平。

伏雨

（一）

大暑何堪落叶凉，绵绵雨雾锁明光。
江河溢满禾苗没，敢问天公恁几狂？

（二）

累月不开雨幕长，山崩水涨稼苗荒。
人疲马倦洪灾久，鱼米之乡怎产粮？

（三）

晨起凭栏衬褂单，蝉鸣霞柳几多鲜。
困难每堵添风雨，庚子潮头稳驾船。

晨露

嫩叶含天露，晶莹秀绿针。
何怜相顾短，只愿恋真心。

暑晨

晨风荡柳蜻蜓舞，荷展娇花锦鲤游。

风热晴阳闲避暑，豆汤鸭蛋住洋楼。

一七令·秋

秋。

气爽，神悠。

金菊艳，蟹香稠。

瓜果黄灿，稻沉穗头。

中秋明月夜，九九艳阳楼。

登顶伴游望远，吟诗把酒歌讴。

人生苦短宜雄起，不负江河万古流。

渔歌子·秋叶

春露纤纤嫩蕊黄，谷风描翠绿新装。逢夏盛，遇秋殇，飘金大地洒秋香。

秋叶

一岁一枯落，存留岂自身？

朔风摧秀色，春叶去枝均。

臃重随时卸，轻装厚壤尘。

凌霜迎彩暮，虬干似诗人。

秋风清·随感

（一）（李白体）

秋风凉，秋叶黄。细雨打芭叶，寒蝉身树藏。逢年逢季霜风劲，落花落叶伊人伤。

（二）（寇准体）

鸿阵阵，叶飘飘。寒蝉鸣老柳，斜日挂桐梢。江淮秋景斑斓色，香桂黄梨荷下腰。

（三）（刘长卿体）

秋光好，丰收到。一年苦累多，秋获欢声笑。诗者伤秋怨气产，农人欣喜藏黄稻。

再吟金秋

最美金秋数故庄，橘黄五谷伴牛羊。
鸡鸣早露镰挥手，犬吠炊烟稻进仓。
丹桂飘香期满月，菊花佐酒待重阳。
欣闻乡下农家乐，土菜迎宾味最香。

秋山（之一）

秋色斑斓看万山，枫红李紫叶黄岩。
晴空立顶山河小，远望江霞天际边。

秋伤

细雨斜风落叶黄，荷枯蝉静柳丝伤。

江流荡荡青山在，苦短人生诗几行。

淮秋

（一）

秋到淮河韵味浓，稻黄岸远水天融。

渔舟苇荡炊烟起，酒蟹鱼菊醉桂丛。

（二）

淮河两岸美风光，每到秋来蟹米香。

千里平畴丰物产，民风淳厚好儿郎。

（三）

淮畔人家土酒浑，鸡鱼待客讲乡音。

大爷老表一桌坐，临水玉泉①斗②半斤。

注释：①临水玉泉：酒名，临水玉泉酒系安徽临水酒业有限公司产品。
②斗：读作"逗"，淮河安徽段沿岸把"干"或"搞"称作"斗"。

晓川吟草

（四）

淮干工程似卧龙，分流控水错洪峰。

霍邱颍上临淮岗^①，发展征途架彩虹。

注释：①临淮岗：临淮岗工程是治淮上的"三峡工程"，意义重大，可保淮河安澜。该工程位于六安市霍邱县和阜阳市颍上县淮干上，也是水利风景区。

晚秋

湿地公园藕叶黄，杪秋暮色看霞光。

渔舟唱晚炊烟起，已醉柴扉土酒香。

秋晨

烟笼碧树衬楼霞，紫雾河凫带小丫。

巧月凉晨清爽季，一年落叶桂香花。

卜算子·秋夜

夜半浸桐窗，落叶膏油闪。唯有诗人伴漏声，寂寞孤才胆。

风紧雨潇潇，月没枯枝暗。捻断稀须佳句来，苦咏寒秋感。

秋江

暑夜闪霓虹，秋江浪涌东。

舟摇波荡起，酒后趣无穷。

秋趣

登顶中秋伴侣游，轻车健步兴情悠。

拾阶岭上白云涌，放眼山川紫雾稠。

杂树生花红果落，清溪见底鱼露头。

天高气爽阳春照，快意人生赋兴遒。

秋收

岁至中秋收获喜，畜禽养壮谷粮藏。

平畴稻浪机鸣奏，冈岭橘垂美女旁。

西院菽瓜装满囤，东家腊肉晒金黄。

丰收劳作何其苦？一片金秋一片忙。

秋阳

秋阳布恩万束光，照射千禾百果黄。

北岭酥梨金灿灿，南山提子玉行行。

中秋板栗鲜鸡煲，霜降肥鹅大枣汤。

万物营生承曙雀，感天谢地续新章。

秋思（之一）

又是一年落叶黄，一帘秋雨几多凉。
寒蝉老柳西风劲，雁阵嫦娥楚天翔。
喜见金黄垂稻谷，欣闻桂蕊沁心房。
春华秋实年年过，晴鹤诗情任徜徉。

秋雨

淅淅沥沥浸幽窗，爽爽清清洗墨房。
洒落梧桐地毯金，冲刷银杏土蹊黄。
肉食炙烤欣轩酒，薪粥贫贱苦厚装。
敢问人间贫困几，祈求普照沐秋阳。

秋风

气势汹汹夜半来，千军万马奔腾开。
秀乔吹叶衣巾落，绿草拂容嫩色衰。
驱赶暑湿添爽气，挟杂秋雨几悲怀。
盛极衰变为规律，顺应时机转又回。

秋山（之二）

色彩斑斓秋岭景，疑为霞帔落尘凡。

青松翠柏寻常绿，紫栗红枫半载丹。

霜雾凝峰融净宇，危岩渗水入深潭。

攀缘登顶群山小，一步一阶不畏难。

秋潭

烟笼清潭轮月镜，柳疏径暗影朦胧。

秋风暮色梧桐落，水岸迷光恋侣从。

月灿星寥归雁阵，秋来暑往去时匆。

最宜好景金秋享，莫待鬓衰斩获空。

秋游

周末悠闲日，秋高步野游。

菊香黄灿灿，枫叶紫丹头。

喜鹊登枝杪，鹭鸶放水牛。

问君何快乐？美赋伴蓑舟。

十六字令·秋（之一）

（一）

秋。落叶金黄稻坠头。炊烟袅，浊酒庆丰收。

（二）

秋。丹桂金菊把客留。东篱下，把酒论吴钩。

（三）

秋。雁字南征岁月愁。时光紧，雄笔写春秋。

浣溪沙·山居秋晨

气爽犹嫌透彻寒，早霜薄雾恐衣单。山岚漫漫裹斑斓。
才见举炊柴户静，又闻鸡犬妇人欢。朝阳乍现满金山。

小阳春

（一）

常言十月小阳春，寒气未及河汉滨。
菊蕊犹呈浓艳态，荻花枫叶竞娇鞶。

（二）

江淮十月小阳春，枫紫菊黄苇絮新。
湖水天光成一色，轻舟荡漾浅沙津。

（三）

农家十月小阳春，五谷收藏装满囤。
鸡黍菊花常佐酒，自由自在享天伦。

潏河初冬

潏水泛鳞光，冬阳艳照强。
荻花迷眼白，栈道落桐黄。
老者日光浴，灰凫水下藏。
闲情河两岸，周末任徜徉。

迎冬

秋尾迎冬露气凉，风萧水冷夜时长。

天寒地冻雪将落，不见公园伴侣藏。

梦冬花[①]

傲雪光枝悬蓓蕾，凌寒绽放唤春回。

黄花绿叶浑身宝，惊醒村姑听响雷。

注释：①梦冬花：指结香，一种灌木，又名打结花、打结树、黄瑞香、喜花、岩泽兰、三桠皮等。有的结香树的外形很奇特，枝条会打成一个结，一棵树上有很多结，远远望去，十分新奇漂亮。结香树花期为冬末春初，小花为金黄色，筒形，状近泡桐树花。很多小花拥为一簇，为球形，一簇簇开在枝头，十分漂亮，散发出一种清醇淡雅的香味。在万物凋零的寒冬，结香花明丽的颜色在萧条灰色中带给人生机与欣喜。

庚子初雪

小雪寒流下两淮，城乡净白扫阴霾。

严冬腊月接连到，浊酒梅亭赋壮怀。

忆寒冬

（一）

常忆儿时腊月寒，饥肠辘辘絮衣单。
北风萧萧忧房险，旷野茫茫识路难。
土井晨挑肩似铁，冰塘暮洗手如丹。
今非昔比安康享，每念严慈心内酸。

（二）

寒风刺骨雪花飘，四野银装树似雕。
白昼串门鞋裹草，夜间烤火衾钻猫。
父兄织布棉麻染，母嫂挑灯纺线摇。
女织男耕千古韵，乡愁代代唱童谣。

（三）

最冷乡村三九天，霜风雪地缺衣穿。
晨炊红薯腹无米，晚饭粗粮口少鲜。
挖藕莲池腿脚硬，网鱼塘坝瘦身牵。
儿童盼望新年到，腊肉喜糖鞭炮燃。

（四）

乡村雪后艳阳天，四野茫茫不见田。
访友走亲行雁阵，临梅煮酒醉炊烟。
池塘冻厚将冰溜，小院筛斜把雀圈。
回想儿时多少事，街坊邻里感情专。

庚子大雪

又是一年冬月寒，皑皑滕六^①落山峦。

青枝绿树梨花白，冰水封河篱菊残。

蝉匿虫藏麻雀饿，窗明野亮蜡梅欢。

休言冻土无生气，积厚流光为绽兰。

注释：①滕六：中国古代神话传说中的雪神。

子月吟

寒风冷雨入严冬，岭上奇观看雾凇。

麻雀屋檐藏旧穴，村姑菜圃采菇茸。

孙康苦学齐儿志，卧雪仁修记己胸。

且待琼妃飘满地，梅花朵朵报春秾。

最高楼·农家雪趣

冬景美，寰宇白茫茫，大地着银装。艳阳高照何欢畅，顽童猴耍任徜徉。蜡梅红，壶酒暖，炭盆旁。

看窗外，鹊登枝杪唱。雪人笑，与姑娘一样。唇紫艳，俏娇娘。农家小灶炊烟袅，赏梅煮雪享安康。过年时，鞭炮响，喜洋洋。

山城冬景

（一）

雾起山城晚，枝轻柳色单。
影孤心事重，岁暮意情禅。

（二）

早露凝霜白，晨风侵面寒。
灯微存睡意，市井寻声欢。

寒潮（之一）

（一）

带雨朔风吹响号，寒流滚滚大江潮。
摧枯拉朽浑天动，北国雪飘楚甸桥。

（二）

扑面吹来针刺骨，飞泉落下挂冬凌。
儿童不觉严冬冷，板凳池塘喜耍冰。

冬阳（之一）

冬阳灿烂蔚蓝天，翠竹青青渼水涟。

喜到山城逢老友，身膺重任信心坚。

冬趣

落叶轻枝挺，残荷骨气丰。

风描紫黄岭，雪压绿青松。

北雁迁南去，寒蝉入土封。

禅心随季变，梅绽醉香浓。

雪霁晨曲

寐旦东方白，晨光冻后寒。

晴空水洗净，原野素装蟠。

枝挂琼花朵，池凝冰镜盘。

鼠年随雪尽，牛岁可心欢。

冬雪

（一）

朔风裹雪号呼来，寒气嗖嗖牖不开。
敬佩青松坚挺立，临轩感叹把诗裁。

（二）

琼妃岁末约期来，原野茫茫白玉台。
滋润山川除病害，银装素裹伴梅开。

（三）

漫天飞舞玉尘扬，广宇瞬间着素装。
三友凌寒相顾盼，青枝绿叶伴红芳。

无题（之一）

（一）

冬月白天短，辛勤歇脚迟。
用功灯熄晚，进取夜深时。

（二）

冬阳高照正严寒，万木萧疏景色单。
假日闲情温雅句，新朋老友酒邀欢。

皋城赞（之一）

皋城如画里，傍晚望霞空。

淠水穿城过，虹桥架路通。

公园人跳舞，湿地鹭栖腾。

宜业宜居地，生活生态城。

沁园春·六安

英霍北坡，淮水之南，大美六安。望大别山上，群峰竞秀，天堂峡谷，叠瀑飞泉。淠水滔滔，良田百万，城镇乡村春意酣。皋城美，有山清水秀，屏障东南。

山川如此斑斓。风景好、人间仙乐园。看生态茶谷，有机名片，江淮果岭，桃艳人欢。药库西山，钟灵毓秀，六大珍珠光彩鲜。新时代，赞大美土地，栋梁摇篮。

合肥

省会巢湖畔，名城技教先。

江淮美城郡，吴楚壮腰肩。

三国风云荡，双淝殿阙缠。

庐州如画里，妙笔绘山川。

马鞍山江边驻足感言

（一）

江东芦雪白茫茫，岸上寒风过瘦杨。

放眼商船旗猎猎，古来今往利何方？

（二）

太白诗词万古芳，翠螺山^①上诵华章。

江枫渔火千帆过，唯有仙风伴酒香。

注释：①翠螺山：位于安徽省马鞍山市的采石风景区内，原名牛渚山、采石山，因似翠螺浮于水面而得名，临长江、牛渚河，东北与荷包山、宝积山、西山、马鞍山一脉相连。李白曾作《夜泊牛渚怀古》，写自己青年时代名声未振之时，望月怀古，不遇知音之伤感。

（三）

钢城景象日清新，生态文明手笔真。

湿地沿江描画卷，浪花杨柳赋三春。

巢湖游

（一）柘皋早点

传统早餐风味浓，汤包糕点品名丰。
真材实料手工做，可口新鲜赞正宗。

（二）三瓜公社

群山环抱画图中，满眼春光草木葱。
相伴三瓜民俗趣，新朋老友乐融融。

（三）巢湖

浩渺烟波天际间，春光潋滟闪鳞斑。
渔帆点点逍遥荡，踏浪人生若等闲。

（四）烔炀镇

烔炀古镇巢湖滨，人杰地灵耀北辰。
馆展乡贤皆志士，德被后辈目标臻。

（五）湖滨人家

门对千帆过，窗含百里烟。
家居福祥地，心想事能全。

寿州^①游

国庆中秋到寿州，参观访友日程稠。

八公豆腐^②雄鸡宴，沘水鲜鱼酒上头。

博物馆听楚汉史，宋城墙^③看一千秋。

今来古往山河固，多少传奇简册留。

注释：①寿州：指寿县，安徽省淮南市下辖县，位于安徽省中部，淮河南岸，东邻安徽省合肥市，西靠安徽省六安市霍邱县，南连安徽省六安市。

②八公豆腐：八公山豆腐，又名四季豆腐，是安徽省淮南市的一种地方传统小吃。其晶莹剔透，白似玉板，嫩若凝脂，质地细腻，清爽滑利，无黄浆水味，不散不碎。

③宋城墙：这里指寿县古城墙。位于安徽省淮南市，处淮河南岸，依八公山。寿县古城始建于宋朝，是棋盘式布局的一座宋城。古城墙砖壁石基，气势雄伟，迄今保存完好，为全国七大古城墙中保存较完好的一座宋代城墙。

多彩校园

课外多精彩，怡心又健身。

晨光听鸟叫，暮色绕园巡。

馆内球飞舞，机前汗浸巾。

找回少年乐，个个好青春。

毛坦厂老街

屐齿老街岁月痕，青石块块美图玢。

迎来亲客辞朋旧，见证悲凉看鼎新。

高楼大厦汽车往，雕梁画栋古宅深。

时光易逝人迟暮，两眼昏花壮志存。

临江仙·仲冬感怀

朝雾皋城仙阙，蜃楼海市瑶台。迎新辞旧好情怀。劲松寒土立，梅蕊伴君开。

花甲鬓霜初染，陈香美酒才来。自由光景任心裁。无存冲浪志，但得顺风乖。

万佛湖①游记

龙河山水毓精华，携手良朋荡竹槎。

浪涌豪情追彼岸，风扬壮志抵云涯。

舟停一岛松声籁，酒过三巡话语夸。

老友清明喜相聚，徜徉美景品新茶。

注释：①万佛湖：国家AAAAA级景区，位于安徽省六安市舒城县万佛湖镇。万佛湖是淠史杭灌区的重要组成部分。万佛湖环湖皆山，集山、水、泉、石、崖、池、洞、林、花及水利设施、文化遗址于一体。著名景点有大梅山、土坝、万佛岛、西汤池等。

忆秦娥·毛坦厂老街

古街老，秦砖汉瓦青玲照。青玲照，年年代代，少儿昏耄。

井台石印几多道，飞檐斗拱柴锅灶。柴锅灶，千年烟火，百年学校。

皖南行

（一）

春光明媚伴君程，一路欢歌一路情。

学习皖南好经验，创新理论践行铿。

（二）

庐州春起早，车驾向南行。

才过巢湖畔，又经米市①城。

宛陵②乡野美，宁国③阙庭清。

敢问心情好？同程记一生。

注释：①米市：这里指芜湖。中国历史上因大米集中在某处交易，而形成了"四大米市"，分别是长沙、无锡、芜湖、九江，它们对区域粮食盈缺的调节起着非常重要的作用。

②宛陵：指宣城，古称宛陵、宣州，安徽省辖地级市，位于安徽省东南部，是东南丘陵与长江中下游平原的过渡地带。东邻浙江省，南倚安徽省黄山市，西毗安徽省芜湖市，北接江苏省。

③宁国：宁国市，古称宁阳，安徽省辖县级市，由宣城市代管，位于宣城南部。

晓川吟草

（三）

春到江南风景好，乡村振兴画图描。

居家整洁人心畅，产业兴盛收入超。

传统农耕花鼓戏，乡愁山水小河桥。

流连旧梦多亲切，回首炊烟正绕缭。

秋登嵩山寨

才上嵩山寨，又临桃子河。

枫叶秋光染，野果瀑边多。

怜采高粱泡，拾阶林海坡。

会当凌寨顶，放眼尽巍峨。

西江月·夜宿马鬃岭

满载一车秋色，喜观层岭金黄。山神撩我看斜阳，四顾斑斓红亮。

明日露凝霜照，今宵借宿茶坊。大湾山里讲牛郎，老伴心花怒放。

重阳登马鬃岭

（一）

结伴重阳攀马鬃，秋高气爽看红枫。
欢声笑语松泉响，一路风光入眼中。

（二）

马鬃岭上赏秋光，气爽风清栗叶黄。
碧水蓝天云雾淡，流泉飞瀑曲径长。

（三）

曲径通幽野趣游，马鬃岭上景光优。
奇松飞瀑迷花海，原始森林氧气稠。

（四）

通天瀑布水丰盈，遥看琼帘岭上擎。
雾气晴霞虹映彩，人间仙境蕴诗情。

（五）

见缝扎根意志坚，石松互爱好姻缘。
你中有我相依过，春夏秋冬几百年。

古渡

流波古渡几沧桑，岁月悠悠水下藏。

水落石出真相露，原来县令亦姓汪。

流波镇

一湖碧水映秋光，两岸晴霞栗叶黄。

浪涌渔舟垂钓晚，归来浊酒醉鱼香。

运河叹

凫渚蒹葭缺月洲，长河浪涌溅船头。

船头岁岁人相异，明月芦花照艕①楼。

注释：①艕（yào）：大船。

高铁吟

（一）

电掣风驰转瞬来，白驹大地竞徘徊。
安全准点舒心旅，一路春光撞满怀。

（二）

路网神州横纵驰，朝行暮至不延迟。
人流物畅经营旺，内部循环下大棋。

（三）

硬币窗台稳坐禅，纹丝不晃赛神仙。
动中有静功夫巧，华夏交通世界前。

江月沙

江畔何人初见月？月光皎皎照沙汀。
白沙傲傲婵娟比，岁月悠悠几度醒。

一七令·夜

夜。

天黑，朗月。

困人睡，达者乐。

凿壁偷光，囊萤映雪。

多少快活林①，几桩作恶孽。

城市闪光流彩，山寨鸡鸣狗吠。

《黄粱一梦》贵妃作②，婴儿夜啼唱旧阕③。

注释：①快活林：此处指古龙《流星·蝴蝶·剑》中的地名，是个酒色财气俱全的地方，此处传达一种潇洒快活之精神。施耐庵《水浒传》中也有个快活林。

②《黄粱一梦》贵妃作：指万贵妃新作小说《黄粱一梦再遇你》。

③婴儿夜啼唱旧阕：意指薪火相传，生生不息，文脉绵长。

星夜

灯火家家人未寐，唧唧蟋蟀唱何欢。

声声影影千年在，不见婵娟落水滩。

晨兴

起床天未旦，弦月挂梢头。

灯火家家亮，人勤富不愁。

无题（之二）

月落阳升昼夜分，春花秋果自成因。
世间万物循规律，唯有清风伴彩云。

观长河落日有感

日落千山外，川流万里遥。
眼中天地大，脚下几河桥。

满江红·赞红梅女士淠河霞江图

大雨才停，长河镜，渔帆已落。观楼宇，暮光疏淡，柳风飘过。三五游人踏岸道，欲将霞火留兹河。劝君客，收此念回家，天炎热。

皋城美，欣暮色，波似染，江花火。享清明仲夏，燕飞鱼荷。江畔何人初见月？年年落日人他者。归哉矣，聚小酒怡情，皆欢乐。

闲句

鸟鸣夏晨早，周末日光长。
淠水闲情缓，白云碧宇妆。

无题（之三）

岁月川流恒古韵，苍松翠竹长精神。
三千二百雄心在，大浪淘沙始见真。

淠水谣

午月君何乐，淠河沿岸游。
波光映云淡，绿树掩人稠。
鹭喜沙洲集，鱼欢浅水浮。
长歌逐霄上，垂钓烟渚头。

六安暴雨

雨师雷祖竞登台，霹雳惊魂滚滚来。
水幕连天淠河满，上游六库保无灾。

仲夏周末吟

仲夏风凉晨雨后，葱茏滴翠鸟鸣檀。
玉兰花放千香树，湖泽荷堆万绿盘。
周末卞和寻竹马，龙山陶醉恋烟峦。
时光易逝二难聚，车笠相逢十日欢。

鹧鸪天·夏至

又是丰年夏至风，蝉悬垂柳看莲红。鸡鸣晨课添生气，蛙鼓炊烟唤牧童。

瓜果旺，酒茶浓，小康生活普天同。城乡四季真如画，和泰升平圆梦中。

雨润水城

皋城小雨润清晨，举目葱茏景色新。

烟雾蒸腾楼宇树，双河缠绕水滨亲。

眼儿媚·闲吟

梅雨连绵柳枝弯，荷展叶田田。莲花初放，池鱼戏水，夏景何欢。

临窗闲咏诚斋句，活法自天然。清新洒脱，文奇灵动，美妙诗篇。

步韵敬和陆奎亮先生《蜻蜓戏荷》

待放红苞立水央，清香裙摆满池塘。

凡心热恋年年许，梦里荷村是故乡。

高挂陆奎亮老师原玉：

蜻蜓戏荷

翘立莲蓬乐未央，不教烦暑到回塘。

闲心若问能几许，独恋今生水故乡。

小暑赋

梅雨南风去，三炎暑热来。

鸣蝉依碧树，乳燕躲惊雷。

夜半星河数，晨兴瓜果栽。

鱼虾溪钓处，荫下纳凉台。

荷香吟

南湖绿水映荷香，柳岸浓荫任徜徉。

独爱时光赐良遇，忘年牵手入诗乡。

蝶恋花·南湖公园游记

游览南湖风景画。荷举婷婷，碧水清风下。哪朵莲花犹待嫁。蜻蜓早已枝头霸。

岸柳婆娑阳伞打。步履匆匆，多少知心话。除却年轮真也罢。君为棉袄师当马。

独山行吟

师徒结伴独山行，一路欢歌笑语声。

满眼葱茏三夏美，惊飞白鹭引诗情。

皋城赞（之二）

登高望远看皋城，河绕林荫大厦盈。

百万人民安福地，依山傍水故乡情。

绿都生态园吟

醉卧绿都园，荫凉伴唱蝉。

葡萄桑葚酒，头上是蓝天。

与程旭贤弟绿都生态园漫步记

相与绿都阡陌行，推心笑语看朝晴。

荷风送爽时光短，大步前程旭日升。

儿时趣事回忆

把酒话桑麻，农村是老家。

常怀幼年梦，偷吃菜园瓜。

夜晚寻星座，池塘钓白虾。

乡愁留不住，楼上日西斜。

伴荷眠

暑气蒸腾蝉噪天，熏风如火水生烟。

院中一处荷池绿，便送清凉伴午眠。

新秋午雨

秋初暑雨带新凉，绿树生烟到竹庄。
鲤跃荷塘农户静，青瓜浊酒待禾黄。

柏

遥看青罗汉，朝闻佛庙钟。
夏风催节节，头冠长茸茸。
冬雪贞操洁，晴天绿意浓。
不求栋梁用，但得世人恭。

秋意

秋意夫如是，天高白絮飘。
南征归雁字，北上起风飙。
落叶钟情土，残荷美画潮。
晴空腾一鹤，诗句引云霄。

皋城秋晨

皋城朝雨润清秋，淠水含烟独自流。
喜看六安新面貌，半城绿树半城楼。

秋闲

落叶征衣泪，江河世代长。
夏荷清客寄，秋稻庶民粮。
云汉依常态，松枝披旧装。
问君何所乐，日暮待星光。

白露（之一）

步韵胡传宏会长《白露》。

淠畔迷秋韵，皋城桂酒浓。
红楼环绿树，碧水映云空。
采采兼葭岸，悠悠斗笠翁。
伊人寻不见，独醉荻花丛。

秋赋

秋风染绿黄，夜雨润初凉。
伤感梧桐瘦，凄情荷叶殇。
晨曦逢白露，秉烛看头霜。
四季天常态，年年北雁翔。

菩萨蛮·重阳感怀

仿李白《菩萨蛮》而作。

秋风尽染层林艳，秋阳普照金光闪。重九步云端，豪情逐八仙。

近观秋水练，极目南飞雁。结伴喜登高，诗齐枫叶飘。

秋光美

乘着秋光去检查，城乡变化眼迷花。

金安水利进程快，丰乐河①堤宽度加。

稻米橙黄地飞彩，龙舒玉紫气蒸霞。

天高云淡山川秀，工作诗文两手抓。

注释：①丰乐河：长江水系巢湖的支流，发源于六安市同霍山县交界的皮岭、小霍山等大别山支脉延伸地带，经东河口、双河、桃溪、新仓、丰乐、三河等地，流入巢湖。丰乐河上连大别山区，下接巢湖，远贯长江，理所当然成为区域黄金航道。上游山区河床坡度比较大，河窄水浅，不通航；下游河床平缓，为沙质底层，河面平均宽 100 米，主要依靠巢湖回水顶托通航。她的中下游，孕育出了几个地方经济重镇，从上游到下游，依次为桃溪、丰乐、三河等。

秋阳普照

难得秋阳普照天，清凉爽快漫轻烟。

节临霜降寒风近，菊艳金黄百卉先。

迟桂伴落黄

瑟瑟西风伴桂香，秋阳煦煦映飘黄。
物华荣谢随天理，君子相时致吉祥。

城西湖秋晨

（一）

水天一色看西湖，潋滟晨光荡野凫。
垂钓金波享闲趣，霍邱极目美秋图。

（二）

城西湖上赏秋光，水碧风和紫气扬。
雁字长空添一景，淮河沿岸不寻常。

登白马尖有感

和煦冬阳映碧空，层峦飞彩翠岚浓。
登高放眼群山小，大别之巅我是峰。

清平乐·小雪（新韵）

仿李白《清平乐·禁庭春昼》而作。

落黄铺地，菊蕊香消去。樟树寒风葱葱碧，欲与松竹争绿。

昨夜万马齐鸣，昧旦寒透帷屏。潪水汤汤如旧，波光潋滟冬晴。

鹧鸪天·万佛山

万里霜天访玉峦，冬阳普照气温寒。红枫映日初冬美，绿竹摇风小院闲。

越高岭，赏斑斓，山区今日胜从前。路宽林茂村民富，浊酒松涛听水潺。

又登天堂寨

大别明珠名气旺，几年不见更昌华。
飞泉泻玉山头水，篝火欢歌夜酒家。
市井棋盘立楼宇，溪流佩带荡渔槎。
缆车直上多云顶，皖鄂风光迷眼花。

菊花（之二）

惊艳淠河边，霜天一色鲜。
群芳纷谢后，独领蜡梅先。

舒城①一日

（一）

冬阳高照碧空蓝，一路风光伴笑谈。
万佛山川毓灵秀，层林尽染紫烟岚。

（二）

大道环湖玉带缠，一湖山色一湖泉。
休闲运动绝佳处，水上观光九馆仙。

（三）

结伴高峰拜敬亭，英雄事迹用心听。
周郎故里人才旺，喜看龙舒耀眼星。

注释：①舒城：舒城县，别称舒州、龙舒、舒县、舒鸠等，安徽省六安市下辖县，位于安徽省中部，巢湖之畔，大别山东麓，长江、淮河之间，是合肥、六安、安庆三市交界之处。

干冬吟

入冬晴好碧蓝天，雨水离违麦菜田。
忽有寒潮飞雪到，青枝绿叶舞翩跹。

渭河冬趣（新韵）

冬阳散步意何如？新渭河边景趣殊。
麻雀荻丛窝里闹，鱼群浅底水中浮。
浪花飞溅观冬泳，踪影匿藏数野凫。
莫道霜天少生气，留心自有美珍图。

山城纪行

（一）

三老霍山行，主人心意诚。
参观水博馆，品味石斛羹。
美酒尝迎驾，言谈叙旧情。
师生缘分厚，冬月胜春声。

（二）

六万晴霞小洞天，群山环抱景光鲜。
曲桥流水惊飞瀑，疑是瑶池落世间。

晓川吟草

冬阳（之二）

碧宇金轮暖岁寒，妪翁午晒背衣单。

西山霞火松云染，厚积阳能看柳先。

仲冬六安

烟雨皋城晚，今冬少雪寒。

高楼雾迷幻，淠水带缠绵。

树绿公园静，灯红酒店连。

宜居生态市，久住可成仙。

暖冬

东君普照暖洋洋，淠水汤汤向远方。

童叟公园尽情闹，今年入九似春光。

初雪

皋城昨夜始飞花，滚滚寒流进万家。

松竹临窗摇靓影，怡心三友暗香加。

梅赋

苦寒自性胎，方得暗香来。

松竹堪为伍，白红相衬陪。

冰天芳草萎，庭院老枝开。

和靖终生恋，放翁百赋魁。

茫茫驰腊象，点点绽红腮。

桃李难为伴，诗仙豪放才。

人生愁苦短，骚雅寄情怀。

不待春风暖，幽馨唤蛰雷。

沁园春·大观楼

　　淠水之滨，皋城东南，楼耸大观。可东凝省会，南望大别，西观金叶，北俯平原。屏障华东，中原门户，六地之舟树大杆。登楼也，览江淮胜景，壮志云天。

　　六安文史斑斓，数大观楼边多美传。有法规鼻祖，名将英布，恭王刘庆，明朝先贤。人间天河，杭淠潋滟，荡漾清波玉带缠。登楼也，喜山清水秀，文脉绵绵。

盼雪

三九正隆冬，梅香别样浓。
何时雪飞舞，浊酒庆年丰。

依韵奉和传连先生《岁杪喜雨》

好雨知时节，三冬始站台。
清新梅蕾润，鲜活柳丝培。
洗去牛年累，迎来虎岁雷。
如期赏株叶，煮酒赛诗魁。

高挂传连先生原玉：

岁杪喜雨

岁杪三冬暖，甘霖昨夜来。
寒苞沾玉露，细雨吻窗台。
银粟应时至，新诗待雪裁。
隔帘呼老友，对酌笑颜开。

梅雪恋

含苞头盖裹，只等喜期来。
白马翩翩到，红颜嫩蕊开。

雪后吟

瑞雪润田青，阳升绿闪屏。
河开鱼水动，柳眼看春亭。

一剪梅·瑞雪春头

袅袅仙姿落九天，广宇飞花，玉砌辽原。梨花万朵树枝梢，
雪莹梅红，诗意凭栏。
瑞兆春头喜庆连，五谷丰登，美酒醇绵。春光无限雪晴霞，
分外妖娆，大美自然。

春雪

喜看琼华广宇飘，银装素裹任妖娆。
惊奇造化钟神秀，一夜堆成碧玉瑶。

霍山行吟

万里晴空一抹蓝，浓情聚会酒初酣。
滞河牵手今生福，南岳山林有美谈。

雨水春寒

老柳丝青草色新，阴寒雪后雾氤氲。
春风未度江淮岸，愁怨桃花见靓人。

阳春吟

金光树影筛，暖意绿衣资。
柳眼睁开日，桃花玉面时。

鹧鸪天·春晓

小鸟欢鸣昧旦春，轻寒不误早行人。晨光乍现丹霞照，河水
方开锦鲤巡。

春贵早，道酬勤。春花秋实靠耕耘。一身汗水三分粟，莫负
时光莫负亲。

春光吟

春寒料峭草根肥，春雨绵绵织绿衣。
待到春分百花艳，江淮处处燕双飞。

二月二

金光万道扫残寒，百鸟欢鸣杂树钻。
喜鹊高枝相向叫，龙头抬起大江宽。

春到淠河

淠岸人家春意浓，水清柳绿沐和风。
晨光浣女歌嘹亮，袅袅炊烟看牧童。

淠河之春

家在淠河边，春光一色鲜。
水清凫出没，柳绿客流连。
川映皋城秀，波流大别泉。
六安好风景，久住可成仙。

春姑娘来了

青丝柳辫长，妆镜落荷塘。

腮抹桃红粉，明眸映水央。

望春谷感怀

循香入谷来，岭上玉雕台。

满树琼花挂，一枝仙女堆。

回眸何闪灼，访客几徘徊。

春讯她嫌早，担心扰蜡梅。

望春谷

（一）

深山春色美，半岭玉兰开。

香气盈幽谷，纷纷远客来。

（二）

寻芳望春谷，满眼玉兰花。

朵朵枝头站，香飘千万家。

（三）

惊艳玲珑次第开，芳香馥郁美人胎。

凌霜争得百花冠，绽放之时春就来。

四 山水物华篇

119

春雷喜雨

大别云峰起，浉河初响雷。

清风吹碧树，细雨润花胚。

袅袅新枝摆，青青绿意裁。

临窗寻雅韵，气象撞胸怀。

浉河春曲

浉水清波涌，祥云浅底飘。

莺飞花木翠，燕剪柳丝娇。

步道留闲趣，兰舟过大桥。

流连晴日暖，满眼是春苗。

咏柳

一年好春景，最是柳芽新。

嫩绿婆娑舞，依依醉友人。

【中吕·山坡羊】家乡春分

桃花绽放，柳枝摇荡，燕儿又返屋梁上。看村庄，放牛郎，炊烟袅袅夕阳降。春上家乡心上痒。黄，油菜秧；香，腊味尝。

【越调·小桃红】万佛湖之春

水天一色岸青青，大美一湖镜。山色湖光酿名胜，岛中行，桃源世外真宁静。荡舟观景，钓鱼尽兴，满眼是香屏。

倒春寒

细雨寒风落菜花，冬衣又裹老人家。
春姑仁孝向来厚，不日新香品茗茶。

迎春（借句）

莺飞百草长，麦绿菜花香。
水阔凭鱼跃，天高任鸟翔。

【越调 · 小桃红】春之曲

春风

山川拂绿柳枝裁，润物清新态。七彩衣装冠花戴，美红腮，桃花人面真可爱。远山绿台，平畴麦菜，送爽好情怀。

春雨

如酥甘露润芳茵，好雨惊雷震。四野葱茏紫烟蕴，牧歌新，春风化雨耕耘奋。柳芽露亲，鹅鸭水近，雨夜梦儿村。

春山

玉兰绽放唤春来，香气飘山寨。岭上人家太实在，酒瓶开，粗茶淡饭嘉宾待。客随主人，心潮澎湃，欢喜小乖乖。

春水

春江水暖柳先知，倒影惊鱼翅。摇荡兰舟水之涘，看鸬鹚，飞身矫健擒鱼食。智人乐水，水德八志，春水贵油脂。

惜春

景色四时新，春光最养神。
生机何勃勃，激励读书人。

【双调·沉醉东风】柳

立河岸仙姿荡摆，撩清涟倒影斜歪。青涩腮，婀娜态，好一个娇妇乖乖。相送依依志不改，明年春相欢旧台。

【双调·沉醉东风】春雨春曲

窗外绵绵细雨，池边翠翠青枝。雾朦胧，心闲绪，品香茶坐看新书。韵雅平仄每字符，写元曲通俗话语。

鼓楼新歌

淠岸芬芳地，鼓楼古韵浓。
名黉①传学脉，北塔②响晨钟。
不见千年渡，常奇巨爪龙。
悠悠河上月，皎皎照熙雍。

注释：①名黉（hóng）：名校。黉，古代的学校。
②北塔：这里指六安市北塔公园。六安北塔即多宝庵塔，北宋时期建成，为安徽省级文物保护单位。

好雨润心

昨晚敲窗雨，今朝景色新。
枝头鸟声远，怕吵夜班人。

老槐树

庄前屋后水塘边，虬干浓荫白蕊鲜。
乡土千年有佳话，披红挂彩老神仙。

周末合家游

初夏南山侧，儿孙一路欢。
晴霞碧波涌，步径野风钻。
白鹭寻阡陌，蔷薇绽竹栏。
鸡鸣村寨静，犬吠土房残。
菜圃排葱蒜，荒冈种梓檀。
池塘莲叶举，庄上庶民安。
眼望层林翠，门含月季丹。
时光留不住，美景享团圆。

蝶恋花·渭河初夏

滴翠烟岚凝紫雾，凫戏清涟，一水钟灵处。杨柳依依堆绿柱，仙姿惹得红颜妒。

渭水汤汤东远去，两岸风光，多少游人聚。午睡醒来听鸟语，临窗美景诗词赋。

【双调·小桃红】五月乡村

机声轰响麦收忙，田野铺金黄。五月乡村好兴旺，早插秧，抢收抢种雄鸡唱。果蔬满满，鱼虾鲜亮，把酒庆丰康。

夏雨

夏雨清凉润色新，枝繁叶茂胜三春。
河边伞下多情趣，物我烟岚似梦津。

【双调·沉醉东风】逍遥五月

麦浪金黄欲倒，榴腮红紫燃烧。蛙儿鸣，猫儿叫，这节气正好逍遥。旧友相邀一醉陶，把烦恼统统忘了。

四 山水物华篇

【黄钟·节节高】五月畅想曲

昊天云淡，远山如黛。和风气爽，长川绕带。五月天，余年梦，步稳态。尽管江流放排。

【中吕·山坡羊】淠河总干渠

长河玉带，江淮生态，山泉清澈涓涓爱。下山崖，绕岗台，根除旱涝无灾害，五谷丰登容貌改。河，百姓开；渠，活水来。

蝶恋花·平岗

重上高岗风景秀，环顾葱茏，林果迷人诱。坐把仙桃尝个够，红腮圆润晶莹透。

始信人人都恋旧，回想当年，健步平岗走。别梦依稀怜白首，夕阳霞照杯中酒。

行香子·果岭行

丘壑龙蛇，草木繁盛，江淮果岭正隆兴。平岗独秀，叶集①驰名。喜桃花红，梨花白，桂花馨。

乡村发展，倾心百姓，富民增收路峥嵘。目标笃定，步履铿铿。贵心同向，行同步，唱同声。

注释：①叶集：叶集区，隶属安徽省六安市，在六安市西部，位于豫皖两省交界处。

晓川吟草

平岗游

（一）果岭览胜

钟情果岭一天游，笑语欢声看绿洲。
树下红腮似桃面，眼花缭乱美人头。

（二）平岗切岭

山冈切口几多难，斧凿肩挑老命残。
引得清泉浇万亩，丰收始信胜苍天。

【黄钟·人月圆】雪

　　飘飘洒洒从天降，广宇絮飞扬。北风呼啸，寒流浩荡，大地茫茫。
　　〔幺篇〕苍山雾冻，长河玉砌，塞北冰装。松枝迎客，竹亭巡酒，梅蕊飘香。

步韵敬和朱公《观拍照》

半亩方塘对宅门，新荷出水一盆盆。

娇羞菡萏凌波绽，淡淡清香远近闻。

高挂朱善云先生原玉：

观拍照

调准光圈揿快门，芙蕖百亩一花盆。

红颜斜执碧罗伞，叶底蛙声似可闻。

晓川吟草

128

步韵喻兄《咏荷》习作之

卿我性灵通，清新雅逸风。

池塘山水小，红绿色香融。

波上凌仙子，镜旁观昊穹。

周君偏独爱，不在俗尘中。

高挂喻廷海先生原玉：

咏荷

琴湖一径通，习习夏荷风。

彩墨方调好，馨香近愈浓。

湘裙沾雨露，朱笔点苍穹。

色相诸般妙，皆生此界中。

四 · 山水物华篇

129

风婆婆送雨来

飞廉习习爽身凉，萍翳随心洗绿装。

洗出青山流秀水，洗来仲夏喜洋洋。

踏莎行·果岭雨霁

广宇深蓝，岭头绿甸，登高一望平岗倩。甘霖夜降洗凡尘，晨光滴翠欢心看。

果树枝摇，草花蕊绽，路宽水活轻车转。好山好水好乡村，红楼碧树农家院。

【中吕·红绣鞋】喜雨

风起乌云压顶，树摇绿叶飘零。又惊飞电伴雷鸣。甘霖头上落，欢喜腑中生，平岗梨树挺。

晓川吟草

又到大化坪①

（一）

群山环抱石溪淙，翠竹苍松画卷中。

一镇茶香天下绝，黄芽产地日兴隆②。

注释：①大化坪：大化坪镇，安徽省六安市霍山县下辖镇，位于霍山县西南部，东与佛子岭镇接壤，南与太阳乡相连，西与漫水河镇为邻，北与落儿岭镇相接。

②黄芽产地日兴隆：黄芽，茶名，即黄芽茶。著名黄芽茶主要有四川蒙山黄芽和安徽霍山黄芽。这里是指霍山黄芽。

（二）

重上金鸡宕①，神茶老树青。

云天映山色，石径歇松亭。

自然黄芽味，人间大化坪。

问君何所乐，民宅数星星。

注释：①金鸡宕：地名，位于安徽省六安市霍山县大化坪镇金鸡山村。霍山黄芽以大化坪的金鸡山、太阳河的金竹坪、诸佛庵的金家湾、姚家畈的乌米尖、东西溪的杨三寨，即"三金一乌一寨"所产的为佳。

叶集三元镇①再访

　　新春正月十八，老友相约再访三元镇，参观了桥元生态农业基地、全市首个乡村影剧院、台府农家和乡愁艺术馆等。所到之处，变化之大，令人耳目一新。回想当年在叶集工作时的情景，感慨万分，诗以记之。

（一）

春寒料峭到三元，一路赏心风景园。

旧地重游多感慨，新朋老友尽欢言。

注释：①三元镇：安徽省六安市叶集区下辖镇，位于叶集区北部，与安徽省六安市霍邱县相邻。

（二）

桥元基地促增收，多种经营楼上楼。

科技兴农前景广，乡村富裕拔头筹。

（三）

乡村影院大平台，物质精神好事来。

文化亲民铸根本，人心向党百花开。

（四）

台府农家土菜香，真材柴灶烤全羊。

蓼茸蒿笋春盘享，一半乡愁一半娘。

（五）（仄韵）

十子乡愁文化馆，民间工匠心灵赞。

农耕久远自神奇，草木有情天地叹。

九十里画廊参观记

一路风光美，满车欢笑声。

画廊长百里，景点贵三精。

石笋乡民富，老街游客惊。

参观何所得？宗旨在心诚。

踏莎行·元宵节家人欢宴（晏殊体）

佳节团圆，元宵喜庆，荷园欢聚真高兴。困难风险已平安，举杯长幼皆平清。

玉兔新春，嘉年美景，人勤春早欣时令。闻鸡起舞马蹄声，春潮赶浪金鱼影。

【中吕·红绣鞋】春风

驱散严寒温暖，迎来锦簇花攒，阳光和煦享清欢。江淮春意闹，美景淠河观，看桃花游客满。

【中吕·红绣鞋】春雨

甘露无声润物，春风有意含珠，平畴弥漫爽如酥。麦苗青叶长，河柳绿丝梳，燕儿结伴舞。

鹧鸪天·大化坪之行（新韵）

云淡天高石路弯，山清水秀玉溪潺。金鸡宕里神茶树，大化坪中诗酒仙。

好朋友，共登攀，青檀恋石动心弦。登高望远千山翠，忘却人间几苦甘。

晓川吟草

伏雨清心

一雨洗凡尘，皋城万象新。

蝉鸣窗外柳，荷动水中鳞。

席地观星斗，清心养福神。

连胸有丘壑，美韵自然真。

盼秋雨

秋虎嚣张暑热狂，熏风似火水成汤。

田野农忙耕耘苦，早洒甘霖润岁粮。

响洪甸水库①赞

群峰环抱镜湖长，层岭葱茏瓜片香。

筑坝安澜成宝库，防灾致富看风光。

甘泉养育亿人口，好水丰收吨亩粮。

滋润思源感恩重，老区新貌帜高扬。

注释：①响洪甸水库：国家水利风景区，位于安徽省六安市金寨县，是淮河支流西淠河上的一座大型水库，20 世纪 50 年代新中国治理淮河水患的枢纽工程之一。

麻埠镇①

（一）桂花王

久闻麻埠桂花村②，古树千年香满屯。

今日同框叹观止，称王天下大山魂。

注释：①麻埠镇：安徽省六安市金寨县下辖乡镇，位于金寨县东部。

②桂花村：安徽省六安市金寨麻埠镇下辖村，位于麻埠镇西北部，为库区一线村。

（二）文化馆

丝竹铿铿劲舞摇，青山绿水任逍遥。

茶香古埠光辉史，一馆传奇一镇骄。

（三）美景歌响洪甸水库

坝上同游走竹亭，群山如画胜闲庭。

秋初麻埠诗人会，一路欢歌妙语听。

蝶恋花·六安瓜片

弥漫烟岚仙影动，峡谷深山，风雨晴霞宠。蝙蝠洞旁栖彩凤，清香上品为朝贡。

叶片珍珠瓜子弄，汤色金黄，香气浓浓送。品茗一杯犹入梦，人生惬意神仙共。

秋雨送爽

阴云天幕好遮阳，秋雨霏霏送小凉。

连月蒸腾今散去，神清气爽树头昂。

采菱角

划着幺盆下水塘，红菱翻摘满萝筐。

煮开咬壳核仁白，换得农家笔墨香。

秋思（之二）

一夜秋风至，飘零树叶黄。

阴云驱暑热，小雨带新凉。

杳杳苍山远，悠悠史水长。

时光驹过隙，苦短鬓如霜。

依韵敬和史红雨老师《夏天的回忆（其六）》

兄妹凉床看夜空，牛郎织女启童蒙。
乡村多少神话传，代代贤良赓续中。

高挂史红雨老师原玉：

夏天的回忆（其六）

蛋壳装萤闪夜空，乡村孩子举灯笼。
现时电路虽明亮，犹恋当年两眼眈。

依韵敬和朱公《乡愁一束　大洼田稻收》

每到秋来割稻忙，村庄老少喜洋洋。
开镰背后几多苦，粒粒金黄汗水香。

高挂朱善云先生原玉：

乡愁一束　大洼田稻收

舞动银镰成雁行，晨风分发谷清香。
送水儿童欢难禁，五指频掰数卧羊。

无题（之四）

满园丹桂香，一树玉兰妆。

无意争春色，只为添吉祥。

平岗秋色美

（一）

烟雨随风到，平岗好个秋。

田园垂稻穗，丘岭满梨头。

树下羊群白，临街店铺稠。

林荫鸟鸣处，栋栋小洋楼。

（二）

雄鸡鸣晓雾，临牖雁风凉。

枫叶凝霜紫，木樨弥院香。

中秋庆佳节，稻黍满农仓。

乡下多闲趣，东篱元亮黄。

（三）秋月梨赞

皓月中秋尧岭①头，神仙树上挂金球。

天生丽质黄衣裹，喜庆团圆美酒俦。

注释：①尧岭：尧岭村，安徽省六安市叶集区平岗街道下辖的一个村级单位。

四

山水物华篇

139

（四）

碧空如练史河长，喜看平岗诗意扬。

果岭逶迤藏宝贝，山川灵秀比天堂。

秋梨黄灿苹果美，羊肉芳鲜土菜香。

假日全家来做客，佳肴风景醉农庄。

（五）

滔滔史干①绕平岗，水草丰饶养白羊。

每到秋冬享肥美，一排烧烤一村香。

注释：①史干：这里意为史河总干渠。

（六）

长空悬玉镜，地上舞翩翩。

篝火中秋节，平岗不夜天。

酥梨金灿灿，羊肉味鲜鲜。

果岭丰收季，人人开心颜。

（七）

秋风拽衣袖，慰问到农家。

路网村村织，楼房户户夸。

门前堆稻谷，屋后养鱼虾。

喇叭嘟嘟响，儿孙小车驾。

晓川吟草

（八）敬老院

听书树下阳光暖，丹桂飘香一院欢。

众老同居伴朝夕，三餐共享满盆盘。

卫生陪护精神爽，保健宁康几代安。

颐养天年逢盛世，平岗秋色任凭栏。

（九）鹊桥仙·平岗秋色

三秋时节，平岗岭上，放眼万千气象。远山含黛接云天，史水碧，几多兴旺。

红楼绿树，平畴五彩，国道车龙流畅。厂房排列看新区，梦幻处，高楼百丈。

秋心

丰稔喜金黄，西风落叶凉。

欢心不如意，坐看彩云扬。

【双调·大德歌】秋夜思

沐秋凉，数星光，庭院深深散步郎。地上蛐蛐唱，灯晃晃树影长。山居怡情功名忘，这会儿展翅想飞翔。

【双调·大德歌】丰收喜悦（重头）

秋风凉，稻儿黄，机器轰鸣收获忙。稻浪心头漾，金灿灿满谷仓。丰收场景多欢畅，喜庆满村庄。

鹅行行，鸭塘塘，水草丰饶好养羊。豕壮憨憨相，雄鸡叫报吉祥。畜禽兴旺农家唱，岁岁喜洋洋。

酥梨黄，桂花香，灿灿的山花路两旁。木厂机声唱，农民工昼夜忙。林荫深处庄园样，户户小洋房。

赏心悦目壬寅秋

深秋朝雨润清凉，庭院又闻金桂香。

炫目红枫添异彩，今秋喜庆不寻常。

秋雨润心

窗外叮咚鼓点声，新田麦菜喜甘霖。

酬勤天道遂人事，付出迎来自在心。

【双调·水仙子】深秋大别山（新韵）

深秋多彩大别山，云雾神奇白马尖，高天飞瀑天堂涧。画图描翠峦，太迷人山路龙盘。朝霞艳，暮影寒，夜里神仙。

初冬小雨贵如油

夏秋连旱急，小雨润初冬。
岭上斑斓色，田中翠绿容。
苗齐滴朝露，叶展比青松。
莫道耕耘苦，苍天惠九农。

【正宫·醉太平】蒹葭

春风摇嫩苗，秋水映飞毛，一篇古韵写阿娇，寻她水之遥。思春结伴伊人俏，观荷摇橹花丛妙，赏秋漫步赋诗豪，心情大好。

秋歌

仿周邦彦《一剪梅》，作词二首。

（一）一剪梅·菊花

傲雪凌霜自在开，明月为俦，野径山崖。花中君子比梅兰，气节清高，博爱情怀。

陶令东篱雅韵楷，千古流芳，万代诗才。浑身是宝色金黄，寒秋赠礼，百姓庄台。

（二）一剪梅·枫叶

疑是丹霞落树梢，红染山头，彩映荒郊。凌霜绚烂胜春花，萧瑟寒风，独领风骚。

春夏葱茏阳月桃，灼灼风采，瑰秀天骄。随风飘落一回眸，泥土芬芳，魂照云霄。

五

佳节篇

小雪

雾锁皋城晚，小寒无雪来。

楼房如阙境，景物似仙台。

朝夕身须健，年头事等裁。

一时春节到，把酒乐悠哉。

调笑令·步韵奉和马凯先生

梅绽，梅绽，香艳淯河两岸。花红喜迎牛年，琼妃装扮小寒。寒小，寒小，梅雪皋城独俏。

高挂马凯先生原玉：

调笑令·小寒

冬月，冬月，喜看漫天飞雪。日历进入新年，朔风吹冷小寒。寒小，寒小，扑鼻梅花更俏。

立春

春回大地艳阳天，万象更新又一年。

四季轮流千古律，光阴莫负种书田。

春早

牛年立春早，五九尾巴摇。^①

吉兆丰收景，秧歌响碧霄。

注释：①"牛年……尾巴摇"句：2021年是中国农历辛丑年。2021年牛年二十四节气之首——立春，是2月3日，正值五九最后一天。农谚云："春打五九尾，家家拽猪腿（杀年猪，比喻年头好，丰收喜庆）；春打六九头，户户卖耕牛（比喻年头差）。"今年是好年头，小诗贺之。

春寒

春寒多有雨，早晚雾霏霏。

近水波明亮，环山树翠微。

新芽逐风长，小燕盼家归。

日暖郊游去？心随鸟雀飞。

春分

（一）

杂树生花柳叶宽，春分时节气温寒。
东君连日笑颜绽，到处莺飞鸟雀欢。

（二）

昼夜平分小燕回，绵绵雾雨响惊雷。
清风送暖山花放，湄水含情细浪开。
袅袅炊烟农事起，沙沙笔墨韵文裁。
一年好景当珍重，不负春光款款来。

仲春

金虎山头出，光芒照九州。
繁花竞春色，百鸟唱啁啾。
岭上岚烟绕，川中碧水流。
踏青何处去？郊外任君游。

菩萨蛮·迎谷雨

春深最爱乡村晓，平畴千里炊烟袅。麦菜绿油油，雏鹅黄绣球。

欢心迎谷雨，四野秧歌舞。鸡唱旦晨欢，书声霞彩喧。

蝶恋花·谷雨感怀

春满乡村阡陌树。布谷声声，唤起千千户。袅袅炊烟芳草路。风吹麦浪藏灰兔。

春雨如油青沐露。家燕巢梁，夜暮听蛙鼓。更漏声声花落语，鸡鸣春晓槐香处。

立夏

时至夏初真好过，浓荫碧水燕斜飞。
新茶瓜果鱼虾钓，大别山阴享翠微。

小满偶寄

阳照充盈热气升，河池渐满看新菱。

庄田麦穗风金浪，园圃蔬瓜宴酒朋。

蛙鼓荷塘牧童晚，蝉鸣岸柳浣晨兴。

人间四月风光美，绿水青山任意登。

西江月·芒种

割麦栽秧三夏，艾门斗草端阳。碧波映日柳荫长，诗友龙山
欢畅。

舟荡桃源河上，吟哦明月之章。二三子伴沐霞光，美赋心花
怒放。

夏初感怀

入夏暖风吹，江淮最适宜。

山岚云岭绕，柳线水亭垂。

黄雀钻樟树，青荷露故池。

怡情如画里，尘脱赋新诗。

初夏

昨着短衫今着棉，阴晴霁雨夏初天。

心如止水逍遥客，笑看风云过潩川。

立秋（之一）

秋暑炎炎日照强，稻黄树绿夙昏凉。
枯荷近水莲蓬鼓，金桂凌空嫩蕊长。
塞雁南飞归旧怨，老蝉伏干唱新腔。
北南季节不相似，琼越花浓塞雪茫。

白露（之二）

溧水汤汤早露凉，炊烟袅袅暮归庄。
何悲荻苇苍苍落，更喜桂花阵阵香。

寒露

寒露凝霜季变凉，长河雁去落霞黄。
孤鸦一叫苍山远，客子衣单思故乡。

立冬（之一）

才觉霜气重，又感艳阳暖。
望断鸿归字，不闻柳唱蝉。
西风凋碧树，北岭染斑斓。
等到琼妃落，篱亭煮酒欢。

小雪节气

岁月穿梭过，今临小雪时。

天寒枯叶落，地冻雨霜滋。

城镇美人冷，农家腊味奇。

如期滕六到，煮酒赏梅枝。

冬至

碧宇寒冬晒太阳，阳升阴极昼延长。

长亭三九梅花雪，雪化春姑着绿妆。

敬和绍国先生《飞雪》

飘飘洒洒落尘埃，装扮河山画阙台。

寒气逼人天地冻，几家欢喜几家哀。

高挂徐绍国先生原玉：

飞雪

飘飘荡荡下瑶台，玉树琼花一旦开。

遮去尘埃寰宇净，更新手段赛如来。

【双调·沉醉东风】年味

最难忘家乡父老，最香甜美酒佳肴。贴春联，燃鞭炮，拜大年其乐陶陶。瑞雪临门岁岁好，迎新春心逐浪潮。

永遇乐·过年

别梦依稀，童年清苦，盼过春节。粗布新衣，布鞋母做，穿上多愉悦。岁除之夜，合家团聚，十大碗肴好吃。放鞭炮，抓糖喝酒，守岁拜年谁歇。

星移斗转，时代变化，年味似乎失缺。鱼肉餐餐，衣鞋不补，出入车迎接。城乡一体，烟花禁放，夜晚灯光明灭。看春晚，视频通话，福祈不迭。

清平乐·大年初一

开门福到，户户鸣鞭炮。衣帽崭新言欢笑，恭喜拜年热闹。
早饭元宝年糕，小辈压岁红包，亲友轮流请客，浓浓年味陶陶。

除夕感怀

一夜双年跨，时光转瞬间。
青丝昨日首，黑痣老人斑。
岁月如流水，人生似越山。
寒梅香短暂，傲雪若悠闲。

新年快乐

新年快乐庆牛春，春满乾坤福满门。
门纳千祥添寿喜，喜临万户物华新。

元宵节

元宵佳节大如年，乍暖还寒雾气天。
春雨绵绵新柳绿，过完十五好耕田。

清明祭

祭祖青坟上，思亲草木深。
叩头恩溢海，烧纸孝滋心。
世代传香火，江山有古今。
家家子孙旺，华夏令人钦。

劳动节

（一）

树上山头到野原，手工用火子孙繁。
祖先进化唯劳动，脑智身强天地尊。

（二）

春夏之交草木青，晨光霞照醉樟馨。
欣逢五一郊游乐，融入自然鸟雀听。

青年节感赋

犹忆鲲鹏少年志，感伤花甲近身期。
宁移白首从头越，半辈人生如意时。

六一感怀

梦回五十几年前，乡下童欢最夏天。
朝露放鹅寻水草，夕阳牧笛伴炊烟。
从师语算开心课，随母锄锹种菜田。
不觉鬓霜头上染，犹存赤胆照龙泉。

七夕

缺月疏桐潋滟光，依稀倩影鹊桥廊。

凉风吹落丝巾泪，但愿今宵一岁长。

中元祭

秋祭时节雾气阴，中元悼念忆双亲。

许多子女生活苦，稀少收成度日辛。

起早贪黑闲不住，省吃俭用为儿孙。

勤劳积善家风厚，后辈福荫谨感恩。

重阳

自古重阳庆寿考，登高望远乐逍遥。

茱萸礼赞秋声赋，地久天长自度樵。

端阳后

粽叶送清香，荷裙满水塘。

汗珠似梅雨，夜短昼延长。

写在父亲节

风雨兼程担在肩，育儿敬老用心专。

男人使命永铭记，家国情怀代代传。

卜算子·暑雨欢

暑雨带新凉，午后多清爽。绿树浓荫群鸟鸣，淠水东流畅。

邀上子二三，向晚渔家往。忘却烦心煮酒欢，个个云天上。

入伏偶得

（一）

伏初即入汗蒸天，烈日熏风似火煎。

忽喜池塘蛙鼓叫，清新凉快自青莲。

（二）

幸会大立并寄肥西诸贤。

一日龙山宴，终生管鲍交。

乡关几多远，入梦紫蓬坳。

菩萨蛮·大暑

江淮大暑长空碧，平畴千里禾如席。热浪始登台，雨随雷暴来。

劝君多养息，生活有规律。常有好心情，神怡精气盈。

伏天感怀

三伏火轮强，阳能五谷藏。

梨瓜叶油绿，霜露果金黄。

暑热荷盘展，冬寒藕节长。

不经炎夏晒，怎满万家仓？

暑夜曲

蛙声惊犬吠，啼乳送凉风。

星汉牛郎梦，桃园草席翁。

更深沾早露，暑热听鸣虫。

寐旦东方白，情牵织女宫。

晓川吟草

158

立秋偶得

阳盛阴虚变，星移斗转常。

才嫌暑天热，已醉夏荷香。

风雨伤心碧，花山落叶凉。

雁归或晴鹤，悲喜一杯装。

秋兴

（一）

秋眼千畴喜，晨风稻浪香。

一年收获季，诗意鹤飞翔。

（二）

秋霞甚酒香，生态绿都坊。

萄醉丁家寨，鱼钩曳徜徉。

七夕感怀

四十年来手牵手，风霜雪雨不回头。
辛酸历尽梅花艳，眷顾余生楼上楼。

忆亲恩

又到中元祭亲日，浓浓霾雾锁苍穹。
严慈笑貌今犹在，化作相思柏树丛。

处暑

秋虎莫张狂，朝风带晚凉。
山高云雾淡，川急玉泉长。
田美流金韵，鸭肥尝酒黄。
收心假期短，返校苦书囊。

秋熟

艳阳高照闪金光，举目平畴稻谷黄。
云淡风清秋色美，挥镰季节喜洋洋。

晓川吟草

教师节敬赋

教鞭三尺拳拳意，红笔一支恳恳情。
授业尚须朝夕练，树人更重德行赓。
平生甘苦头花白，半辈酸甜胆赤诚。
吐尽春丝为织锦，芬芳天下赞园丁。

迎中秋

云淡风清爽落晖，中秋逸兴桂芳菲。
丰收喜悦逢佳节，圆月家家醉蟹肥。

庆中秋

神州自古盼团圆，更喜中秋玉镜悬。
皎皎冰轮澄奥宇，馨馨香桂伴欢筵。
家家幸福千年梦，岁岁平安赤县天。
唯愿人间永康泰，河清海晏共婵娟。

畅享中秋

夜雨随风送爽凉，中秋桂菊竞芳香。
合家欢聚团圆宴，美酒清辉共徜徉。

六安农民丰收节观感

正是秋分好景光，霍山西望彩旗扬。

农民欢庆丰收节，引领弘彰创业王。

东淠河滨炫歌舞，大林①稻场比专长。

乡村振兴浪潮涌，晴鹤六安霄汉翔。

注释：①大林：大林村，安徽省六安市霍山县下辖村。

寒露（新韵）

朔风吹昼夜，冷气掠江淮。

落叶飞夕燕，秋声号露台。

黄华菊蕊绽，美味蟹杯裁。

青翠寒中瘦，斑斓岭上来。

次韵诗圣登高以贺重阳节

萧瑟秋声究可哀，长河月白雁南回。

诗书浊酒柴篱下，谈笑风情菊影来。

自古清秋悲墨客，今年香桂沁楼台。

重阳邀友登高赋，盛世安康畅饮杯。

晓川吟草

风雨重阳节感怀

秋风冷雨过重阳，陋室诗书翰墨香。
国粹传承身独善，丈人敬奉礼弘扬。
习文悟道修齐久，养老扶孙烟火长。
望远登高心志在，闲居赋野也荣光。

次韵敬和胡传宏先生《立冬》

秋去芳菲尽，朝阳报立冬。
斑斓山岭色，萧瑟湒河容。
落叶迷黄鸟，临窗多夜蛩。
丰收珍果艳，煮雪酒盈盅。

高挂胡传宏先生原玉：

立冬

时令秋将尽，今朝始届冬。
黄杨枝褪色，白桦叶衰容。
冷雨惊飞鸟，寒风听响蛩。
篱边蓉菊艳，诗酒醉三盅。

立冬感怀

窗外西风劲，乾坤斗柄移。

秋冬临转换，人事恰相宜。

意适川流远，心仪五岭奇。

世间寻正道，松雪指津迷。

卜算子·立冬

呼啸扫凡尘，萧瑟江淮冷。秋去冬来碧绿凋，但见枯荷影。

晨起遍地黄，满目初冬景。扑面霜风带露寒，淝水波光映。

节气大雪

四野芳菲尽，仁乌落树丫。

寒风吹早雾，朱柿映余霞。

做客乡村冷，高亲友谊加。

如期飞雪到，煮酒把梅夸。

冬至感怀

瑞雪踟蹰到，梅仙蓓蕾垂。

芳香添一色，美景献三枝。

心绪牛年去，春风岸柳期。

迎新问君意，辞岁赋清诗。

小寒寄语

小雨霏霏送积寒，晨光遥看柏松欢。
红梅蓓蕾枝头挂，只待琼华一树丹。

腊八粥

腊味鲜汤煮八珍，养生爽口壮精神。
新年从此开心过，每到今时忆二亲。

欢度春节

窗外红梅映雪花，乖孙室内叫呀呀。
火锅腊味玉泉酒，电视手机瓜片茶。

小年祝福

小雨霏霏辞旧岁，万家喜庆贺新年。
祥牛赐福人丁旺，瑞虎加威愿景圆。
老有安康图蔗境，少当励志继先贤。
家和事兴千秋颂，欢歌载舞胜洞天。

过年好

鞭炮不闻静，祥和过虎春。

手机传祝福，电视伴亲人。

长幼团圆乐，家厨美食真。

儿孙笑声里，年味享天伦。

迎春吟

金牛随雪去，玉虎逐春来。

万户团圆日，千畴绿意台。

儿孙欢绕膝，人事乐新裁。

岁替江流动，神闲斗转哉。

贺新禧

华夏笙歌尽脱贫，普天同庆贺新春。

对联句句祺祥厚，爆竹声声喜气频。

辞旧辛勤收硕果，开元梦想饮牛津。

欣逢金蛇狂欢日，雅韵流芳祝福臻。

初春

一扫阴霾紫气扬，江山万里沐春光。
青苗始拔头根节，绿柳新裁二月装。

立春感怀

时序又轮回，更生一岁魁。
东风句芒送，岸柳嫩芽催。
旷野披油绿，甘霖伴滚雷。
心随新浪涌，福逐燕来归。

年味吟

敬长尊师拜众亲，往年酒里见纯真。
你来我去交情厚，美德传承又一春。

元宵节寄语

灯笼照岁头，汤果寓年酬。
佳节开祥瑞，扬帆竞上游。

惊蛰随吟

春雷虽未响，万物眼睁开。

麦菜青枝节，鱼虾白浪台。

炊烟伴童牧，晚笛唱梅槐。

三月桃花季，思君雅韵裁。

五一感言

大千何漫漫，进化类人猿。

火种图腾诞，刀耕部落繁。

心灵通日月，手巧绣坤乾。

价值唯劳动，辛勤是本元。

端午情丝

芳草萋萋粽叶香，情思哀婉望沅湘。

忠君爱国诗人志，从此风骚日月长。

【正宫·双鸳鸯】夏欢

（一）

早晨凉，暮烟长，午后常常暴雨狂。瓜果清香迎远客，鱼虾鲜美到村庄。

（二）

夏伏天，水塘边，菡萏婷婷绿叶田。红鲤翻波添美趣，蜻蜓亲蕊舞翩跹。

大暑趣事

瓜圆梨润果蔬丰，蝉唱蛐鸣萤火虫。
暴雨骤来鱼水满，泥鳅黄鳝逮西东。

立秋（之二）

清凉朝暮至，伏热正当时。
挥汗田头雨，迎风工地旗。
躬身黄稻穗，笑脸石榴姿。
一岁今丰稔，秋收五谷期。

【商调·芭蕉延寿】中秋

庆中秋。青山秀水六安州，丹桂馨香月亮楼，家家好梦人人寿。美味佳肴，温暖炕头。

享秋

金风碧宇爽秋天，周末闲情湃水边。

步道飘黄人静处，喳喳喜鹊与谁欢？

十六字令·秋（之二）

（一）

秋。烟雨潇潇暑气收。乾坤转，北雁欲南游。

（二）

秋。飒爽金风五谷收。农仓满，又上太平楼。

（三）

秋。云淡天高碧水悠。淮河岸，稻浪滚千畴。

（四）

秋。枫叶芦花香桂楼。天堂寨，五彩炫山头。

秋月梨赞

皓月中秋尧岭头，神仙树上挂金球。

天生丽质黄衣裹，喜庆团圆美酒侑。

重阳诗词曲

（一）重阳祭双亲

重九拜高堂，心燃一炷香。

德昭贻后代，福泽比川长。

（二）重阳偶得

喜雨重阳九阙中，烟岚秋韵画图丰。

凭栏敲句享清爽，寿比南山祝福衷。

（三）【一半儿】深秋山行

秋风秋雨落黄飘，枫叶芦花图画描，骚客南山诗句敲。醉陶陶，一半儿神仙一半儿妖。

（四）忆秦娥·重阳喜雨

甘霖降，重阳佳节真凉爽。真凉爽，绵绵细雨，普天欢畅。

江淮风水乡村旺，稻谷孕籽望霖降。望霖降，天河保佑，丰收无恙。

【双调·大德歌】国庆节抒怀

红旗飘，颂歌韶，四海欢腾似浪潮。老少开怀笑，自驾游去远郊。桂花香醉东篱俏，美酒伴逍遥。

冬雨

天帐朦胧冷气吹，丝丝小雨嫩苗滋。
不经冰雪严寒苦，哪得春花挂满枝？

立冬（之二）

自然调色板，七彩绘斑斓。
萧瑟秋风里，冬阳来值班。

六 亲友篇

思父

鬈耄逍遥驾鹤游，不闻夜半讲孙猴。

艄公义举酬桃扇①，吾父仁慈伴母俦。

注释：①艄公义举酬桃扇：小时候，父亲哄我给他焐脚，讲《西游记》《三国》和《水浒》故事给我听。印象最深的故事是，艄公一生摆渡，获观音赠桃扇一柄，夜半打开，有一仙女自扇里下来，能歌善舞，陪伴艄公，并为艄公生儿育女，真是善有善报。父亲八十七岁仙逝。今以小诗悼念老人家。

思母

膏灯①闪烁制衣忙，麻布围裙土灶旁。

送往迎来桐树下，一吟一咏断肝肠。

注释：①膏灯：燃油的灯。

母亲节有感

十月怀胎苦，终生报母恩。

缝衣忙夜晚，煮食累黄昏。

催你晨光路，期儿暮色门。

想娘坟上泪，犹感手扶温。

晓川吟草

岳父大人赞

少小淠河放牧童，皋城名校念完中。

大学省府读国粹，小县杏坛授业荣。

母校耕耘桃李艳，诗坛吟咏韵文浓。

如今耋耋精神爽，颐养天年伉俪同。

上年坟感言

父母坟前草，儿男赤胆思。

织衣嫌夜短，伴学怕油脂。

邻里能谦让，亲朋助困时。

俯身三叩拜，美德内心滋。

年祭

年前回故里，父母墓焚香。

松柏陪亲翠，恩情与日长。

高风垂后世，亮节记心房。

孝悌传家远，儿孙岁月祥。

走亲戚

帮扶老绪和，探望过山阿。

驻足园旁叙，围观陌上禾。

言欢情谊厚，谈笑脱贫多。

挥手别离意，殷殷似嫡哥。

致内子

主妇殷勤为陋室，劳形累影见厨房。

清污洗净刀功赞，炒脆蒸荤素拌强。

大火青椒牛肉嫩，小盆土蛋菜泥汤。

一年四季家常饭，每日三餐惬意忙。

清平乐·七夕致内子

一车驮两，渠畔无声响。靠背读书灯光亮，天上牛女相望。

半百老眼迷离，你学琴我学词。你有声吾不响，和鸣琴瑟
陪伊。

一剪梅·结婚日感言

三十三年共枕眠。风雨同舟，苦辣甜酸。学文工作养娇儿。
夙夜辛劳，霜染容颜。

花甲临期担在肩。养老扶幼，使命维艰。身心康健乐悠悠。
携手同行，颐养天年。

为瑞阳摄影图题

一轮红日出山阿，霞彩铺天映碧波。

海阔云涯千万里，扬帆破浪《大风歌》。

悼念二老姑

慈眉善目菩提相，细语柔声本性良。

养女教儿德育重，待人接物礼仪庄。

一生友爱修高寿，半辈辛劳后满堂。

驾鹤西游亲不舍，白花朵朵诉衷肠。

族谱

谱载宗族世系长，瓜瓞累累美德扬。

清源活水常浇灌，宝树枝繁硕果香。

师生情

松鹤延年挂桂堂，师生情谊记心房。
启蒙字句扶苗正，炳烛诗词教雅庄。
山水旅游欣酒趣，佳期聚会笑儿狂。
峥嵘岁月同甘苦，携手将来任徜徉。

端午师生情

一晃五十年在即，而今三两酒来聚。
垂髫识字师启蒙，皓首学诗生律吕。
粽情嚷嚷话当前，艾意融融谈过去。
敢问青春几年许？笑答云鹤正搏宇。

端阳师生聚

老师词赋好题材，弟子相邀踏聚来。
情纵艾馨诗一首，意浓言美酒几杯？
文珍字贵传神韵，画靓墨香走不开。
忆念儿时启蒙事，感恩春雨育良才。

江城子·正月初七晚编办老同事喜聚

小天请我饮琼浆，老陈强，老徐刚。满座高朋、陈杰喜洋洋。
编办情深难忘却，今相聚，谊如常。

人生难得重情郎，品行良，口碑香。缘分天生、或比湄河长。
秋月春花情未了，同祝福，共荣昌。

教师节

又是一年桂蕊香，杏坛雨过彩旗扬。
莘莘学子齐欢聚，阵阵书声更绕梁。
蜡炬成灰光永照，春蚕吐线锦呈祥。
千年教化民族史，古老文明薪火长。

为云洲先生画题

山岚缭绕挂飞泾，峻岭苍松掩阙亭。
妙笔神功抒胸臆，丹霞叠嶂可追星。

欢聚

五一假期欢乐宴，推杯换盏意和甘。
谋新叙旧时光短，美酒美心加美谈。

步韵敬和胡传宏先生《题盆景毛冬青》

一树冬青绽秀华，果红叶绿映朝霞。

花随人事显风骨，弟子冰心师父家。

高挂胡传宏先生原玉：

题盆景毛冬青

果红叶翠绽芳华，簌簌琼枝泛彩霞。

毓秀满盆存玉骨，馨香一缕醉诗家。

赞会长

会长牛年旺，吉祥如意春。

居家龙献瑞，外出凤荣身。

亲友真情厚，儿孙事业臻。

三才增岁月，五格比仁人。

步韵奉和金长渊老师《戏侃手机拜年》

新春祝福向诸方，昼夜殷勤它最忙。
精彩图文瞬间送，不言不语不声张。

高挂金长渊老师原玉：

戏侃手机拜年

一款华为连八方，凭君联系不慌忙。
图文并茂随机发，恭贺新年口未张。

沉痛悼念陆世全会长

2021 年 1 月 25 日晨，安徽省炳烛诗书画联谊会原会长陆世全逝世，以诗悼念。

八皖吟坛落巨星，亲朋好友举铭旌。
领衔风雅执仙笔，享誉江淮负盛名。
辞畅清新生美韵，平实厚重寄深情。
春来诗会君何在？满树桃花自陨零。

周末诗友聚

周末好时光，居家格外忙。

泰山须侍候，岳母要端详。

诗友邀欢酒，同窗约下乡。

真情如锦玉，梅雪送馨香。

步韵解林老师《赋庚子座谈会》

诗会逸情彩胜飘，吟坛善手赋云韶。

小康圆梦频传捷，雪唱皋城气贯霄。

高挂解林老师原玉:

赋庚子座谈会

诗家高谊共云飘，又向吟坛赋楚骚。

战疫脱贫双祝捷，华山剑气透云霄。

读红雨老师《短歌行》有感

短歌韵味浓，苦辣酸甜融。
句字千斤重，人生智慧丰。

高挂史红雨老师原玉：

短歌行

杜门闲客散，开卷古人来。
少做虚情事，习贤炼大才。

步韵敬和史红雨老师《下棋吟》

对垒两军争地盘，驱车架炮马回鞍。
棋逢对手无为谓，乐在其中斗局残。

高挂史红雨老师原玉：

下棋吟

每天对弈下三盘，楚汉边陲恶浪翻。
胜负兵家无所谓，只求思考脑海澜。

玉堂春·圣诞诗友欢聚

万乘云汉,冬月红梅花绽。老友新朋,煮酒联欢。顾问昂扬,会长琴觞举,圣诞欢歌逐笑颜。

六地小康圆梦,城乡新纪元。春回大地,雅韵诗人奏,椽笔怡情尽兴宣。

拜访胡传宏老师

冬阳头九灿,拜望锦川师。

握手浑身暖,推心话语慈。

赠书期好学,寄语要加持。

顾盼难离舍,回眸感念之。

高挂胡传宏先生原玉:

答谢袁孝友贤弟

寒门来贵客,有幸结良师。

兰畹吟篇雅,英才出语奇。

耕诗犹奋发,种韵未疏持。

炳烛人文薮,荣膺有望之。

再次拜访胡老师

再访锦川师，春深草木弥。
冬青枝果艳，诗话弟心痴。
专注百年颂，神倾一册思。
躬耕红土地，甘苦几人知？

高挂胡传宏先生原玉：

孝友贤弟拜访诗依韵酬之

　　孝友贤弟曾赠我盆景毛冬青，现果红叶绿，生机勃勃，似迎主人。

复聚笑开眉，冬青亦展姿。
艺朋光翰苑，吟友举旌旗。
著牍争高格，铭文重口碑。
百年垂壮史，舜日凤朝仪。

陪俊龙登霍山小南岳^①

榴月阳光好，风和草木骄。

山城如画卷，南岳似琨瑶。

携手情阶满，登峰意境韶。

俊龙步云上，一览众山辽。

注释：①小南岳：霍山县的景点，位于霍山县城南郊，大别山北麓。

敬和解老师雅韵以致敬意

习作草书凑韵章，腹中少墨食皮囊。

艰难困苦当常带，玉汝于成应畅扬。

公仆无为怀宙宇，诗徒有志学苏黄。

感君不弃冰天叙，携手同心路正长。

高挂解林老师原玉：

读公诗寄语

捧读阳春白雪章，儿时琐忆事盈囊。

朝花夕拾寒犹带，老凤幼鸣气正扬。

宦海腾骧龙在宇，诗坛逐鹿菊初黄。

同君聊作灯前叙，谊比山高与水长。

晓川吟草

步韵敬和杨老师《冬日做客》

阳光普照似春来，周末居家享乐哉。

无雪暖冬何觉冷，诗人急盼蜡梅开。

高挂杨老师原玉：

冬日做客

一缕阳光泻地来，温和满院乐悠哉。

今冬不觉非常冷，笑问梅花哪日开。

步韵周文彰当选第五届中华诗词学会会长感言

学会新鸿阵，翱翔九域天。

诗坛挑重担，桃李育忠贤。

雅韵歌潮涌，风骚颂梦圆。

红梅骄白雪，北国咏奇篇。

六　亲友篇

高挂周文彰会长原玉：

感言

学诗初上阵，岂敢料今天。

不负千斤担，多思万口贤。

吟哦从俊杰，管理尚方圆。

追梦新程始，歌当献美篇。

单王①赞

漈河左岸看单王，四季分明好景光。

丘壑纵横凝紫气，川流交错聚福祥。

天鹅抱蛋诚心贵，孝子怡亲圣训扬。

宝地从来常毓秀，英才后浪涌前浪。

注释：①单王：单王乡，安徽省六安市裕安区下辖乡。

蝶恋花·皋城雅聚

正是菊黄芦舞絮。诗友相邀，煮酒温篱句。高总赏光增雅趣，
驱车百里来相聚。

窗外寒风飘叶去。室内融融，暖酒浓情叙。冷月窥窗神妙语，
皋城佳话天鹅处。

加入"炳烛群"有感

炳烛群方入，承蒙鼓掌频。
仁贤标榜样，好友指迷津。
诗海边无际，槎舟岸可亲。
烛光凿壁亮，但愿早平身。

入群随感

自古江淮多俊彦，徽风皖韵好诗篇。
抒怀言志歌山水，各领风骚比七贤。

减字木兰花·诗友联欢

新朋老友，欢聚初冬诗佐酒。回首当年，事业家庭两座山。
如今把盏，歌赋辞章仪子建。祝愿诗坛，竞艳群芳魏晋篇。

忆故友

为悼念张荣胜先生而作。

长假居家忆胜君，素笺泪笔撰铭文。
英年早逝亲人痛，笑貌犹存老友群。
才比陆潘辞赋好，德如五柳菜园勤。
隔祈驾鹤逍遥路，近祷生民健寿欣。

悼国平

国平同志老编办，早逝惊闻众友哀。
处事沉着唯谨慎，为人忠厚有情怀。
豁达礼让亲朋赞，运动常登领奖台。
驾鹤云游妻子痛，衷祈后俊继开来。

祭故友

四九朔风寒，苍山众木残。
青龙垂首泣，孙岭近亲叹。
故友归根处，家乡思古滩。
坟松长伫立，梅雪莫凭栏。

乔迁喜（之二）

朱老前辈伉俪年近九秩，今年乔迁新居。今天专程拜望，拙律祝贺。

紫御家园好景光，耄耋燕徙住新房。
高楼放眼皋城美，雅室舒心鹤体康。
孝子贤孙勤侍候，亲朋近友乐帮忙。
乔迁贺喜唯祈愿，朱老汪姨蔗境长。

拜读"精准扶贫路"丛书

始看十村记，大湾礼赞新。

主题言致富，故事写农民。

句句流珠玉，篇篇报盛春。

光辉存简册，文采照风人。

行香子·祝福

倩女文娟，帅子杰男。配佳偶，天上人间。小家百日，情爱绵绵。有朝同餐，午同步，夜同眠。

人生苦短，酸甜苦辣。志相同，锦绣无边。众心祈盼，百尺竿尖。愿桨同摇，船同渡，梦同圆。

无题（之五）

秋雨潇潇渭水寒，烟笼老柳不闻蝉。

双节几友重相聚，酒话年初笑畅言。

赓和栗翁牛郎和织女

牵手春槐缘分深，男耕女纺享凡心。

同朝共暮行牵手，育女教儿汗挂襟。

无奈瑶池钧旨下，可怜隔岸鹊桥吟。

一年相会佳期到，泪眼含情把盏饮。

门卫老郝

昧旦哗啦清扫响，模糊身影映晨曦。

逢人问好春风笑，每日关询雪炭依。

小酒花生乡剧唱，大家卤菜土腔迷。

和谐邻里融融乐，老郝辛劳众口一。

师生相聚宋家河①

宋家河上野茶香，泉水清风竹径长。

同学殷勤敬师酒，对床夜雨喜盈堂。

注释：①宋家河：安徽省六安市霍山县磨子潭镇下辖村。

依韵敬和老师金长渊先生《端午前夕畅游霍山纪行》

端午师生磨子潭①，参观叙旧品茶甘。

宋家河畔鲜桃美，老屋山南紫气涵。

冒雨听泉走堆谷，推心把盏数儿男。

时光苦短真情厚，驻足画屏融翠岚。

注释：①磨子潭：磨子潭镇，安徽省六安市霍山县下辖镇，位于霍山县南部。

晓川吟草

高挂金长渊老师原玉：

端午前夕畅游霍山纪行

辛丑刚交梅雨天，师生结伴往西山。

峰回路转单龙寺，柳暗花明磨子潭。

堆谷山庄开飨宴，宋家河畔茗茶谈。

情耽民宿风淳厚，重五将临酹酒酣。

重访宋店中学

（一）又到宋店中心校

烟雨朦胧到宋中，花红柳绿沐荷风。

人才辈出簧门耀，克绍箕裘①德育隆。

注释：①克绍箕裘：比喻能继承父、祖的事业。克，能够。绍，继承。箕，簸箕。裘，冶铁用来鼓气的风裘。

（二）冯星赞

创业有成桑梓情，荣归反哺念乡簧。

尊师重教龙庄润，勒石流芳励后生。

（三）李恒中校长赞

恒中校长好辛劳，夙夜在公培李桃。

风雨兼程甘吐哺，耕耘桑梓勤同袍。

重逢吟

重见情浓话语欢，争先恐后酒杯端。
时光飞快无人醉，美梦醒来同学单。

为张继鸿董鸿雁同学喜逢吟

雁点青天字，人形结伴飞。
春来秋去也，朝想暮思唏。
聚首言情厚，当年救晋饥。
举杯鬓霜染，谈笑载同归。

与杨元同学周末游吟

兄弟情深结伴游，龙舒大地绿油油。
欣邀公瑾同框照，历史长河一叶舟。

伏天忆母亲

遥想当年暑热天，母亲起早到星悬。
杵声阵阵催晨读，蒲扇摇摇伴夜眠。
种菜执炊身影重，教儿育女寸心专。
可怜天下严慈爱，每念灵魂饮醴泉。

乖孙三趣

（一）喝奶

双手抱瓶奶嘴衔，我的粮饷我的田。
神情专注一瓶饱，两眼迷蒙想睡眠。

（二）表情

手舞足蹈能表演，歪头大睡握双拳。
委屈惹恼高声叫，小小关公不语言。

（三）排泄

吃饱睡足又哭闹，原来屁股不舒服。
奶香黄软勤清洗，通气拍嗝泻玉壶。

致敬卢向东老师

向东厚谊溮河长，相约花都九曲觞。
大别山川毓灵秀，推杯换盏诉衷肠。

孙子百日喜庆吟（新韵）

冬月阳光灿，欣逢吉瑞天。

青山含远黛，淠水展和颜。

梅蕾枝头挂，笋尖山里涵。

亲朋喜相聚，共庆百天欢。

为大立辞旧迎新欢宴赞之

子月亲朋聚，蜀山淝水边。

新年梅绽放，旧岁趣相传。

雪映丰收景，杯含友谊圈。

休言成就感，一笑白云端。

汤大立先生新年来六安欢聚感言

牛尾毫毫短，虎头还未抬。

情如松柏貌，谊比蜡梅腮。

大立开年到，祺祥伴岁来。

肥西老乡聚，三盏始登台。

步洪老师《吟夜宵摊》雅韵

天上月儿圆，灯前困欲眠。
伤心穷稿费，不够打油钱。

高挂洪老师原玉：

吟夜宵摊

风冷行人少，灯昏狗欲眠。
夜深应熄灶，何奈短油钱。

赞金长渊老师

吾师学富五车才，曲赋诗词样样魁。
年过古稀松柏态，梧桐树上凤凰台。

蝶恋花·赞卢向东

三尺讲台教小子，师道尊严，蜡炬谁人比？桃李芬芳真可慰，人生出彩名桑梓。

六义入心成绝技，文采飞扬，妙笔无邪美。陆海潘江今再世，才情恰似东流水。

贺市文联年会召开

群贤欢聚浥河滨，文会凝心鼓舞人。
回顾谋新吹号角，表彰鞭策壮松薪。
主题精彩登台奖，美韵悠扬得众亲。
笔蘸豪情写时代，春风化雨路途臻。

少年游·春分诗友会（晏殊体）

春分烟雨雾皋城，窗外少人行。几杯老酒，一桌好菜，陶醉众诗朋。

春风不老人易老，雨过又天晴。杨柳依依，玉桃灼灼，能不好心情？

九十里画廊行走邀董震贤弟

陌上赏春光，良朋笑语长。

心仪落霞美，目眩菜花黄。

野蒜香酥手，米虾鲜草塘。

乡村有真味，把盏话农桑。

怀念母亲

哺乳怀中宝，缝衣烛下熬。

出门心上虑，上学路边瞧。

择偶真欢喜，添孙忒自豪。

齐家团聚日，思念湨河滔。

贺梁东老先生九十华诞

椿寿逢华诞，文坛庆贺欢。

诗书堪两绝，德艺比高端。

笔走龙蛇舞，韵流金玉蟠。

期颐扬子畔，好雨①洒峰峦。

注释：①梁东先生有《好雨轩吟草》诗集，"好雨"代指梁老诗词。

父亲节感言（新韵）

铁肩担两山，健步勇登攀。

风雨长虹灿，川流柱石磐。

家庭重和美，事业贵争先。

人父青松立，儿孙不畏难。

口占步韵朱公诗以敬之

萍翳夜深能显神，甘霖普降溢花盆。

梦中淋浴真清爽，美韵流芳果岭村。

高挂朱善云诗翁原玉：

旱解赠孝友

昨夜雷公挟雨神，初如瓢泼后倾盆。

专员梦醒真快乐，采把诗花撒满村。

【越调 · 小桃红】邻居老郝

郝哥憨厚大门看，公馆人人赞。一日三餐菜和饭，酒杯干，苦中取乐成习惯。

关心问他，每天可累，答道有何难。

中元节思亲

三炷高香寄孝思，双亲恩重涨秋池。

一生养育儿孙苦，德厚赢来果满枝。

沁园春 · 中秋节岳父岳母钻石婚庆赋

时值金秋，明月如盘，丹桂飘香。看贵宾楼上，亲朋满座；淠河岸左，四世同堂。钻石高婚，欣逢佳节，福气腾腾百岁长。酒杯举，祝安康幸福，家国呈祥。

人生贵在平常，学二老，家风严谨强。赞同心同德，勤劳节俭；重情重义，艰苦担当。在外仁和，居家互爱，风雨同舟甘苦尝。享余庆，应诚心向善，赓续弘扬。

史红雨老师赞

淮畔名流士，文坛不老松。

前贤膺任重，词丈誉诗雄。

歌赋南山耸，门徒淠水丰。

高怀寄明月，把盏美仙翁。

乖孙学走路

抓周才一月，就把脚跟抬。

初学扶栏走，继之牵手陪。

蹲蹲能站立，晃晃可前来。

万里鹏程远，从今上舞台。

沉痛悼念金凝涛老先生仙逝（藏头诗）

金菊煌煌寄怆思，凝眸似睡面容慈。

涛澜恩德英才育，老丈修为后辈师。

懿哲昭昭励亲友，范模厚厚树丰碑。

永怀驾鹤阴阳隔，存眷西天冷暖时。

沉痛悼念二哥

年少离家泪满襟，过房叔父用心深。

子荣形象舞台上，绝技沟塘活鳝擒。

稼穑专精好安保，营生勤勉厚丹忱。

如今手足齐全缺，相聚难寻兄笑音。

七　杂咏篇

读六安

为啥叫六安？汉武指山峦^①。
大别千年秀，杜鹃层岭丹。

注释：①汉武指山峦：这里指六安的名字的来历。汉武帝于元狩二年（前121年），取衡山国（在今河南省信阳市、安徽省六安市霍山县、安徽省安庆市怀宁县以西一带，南至长江，北至淮河）内六（lù）县、安风、安丰等县之首字，改衡山国为六安国，此名亦有"六（lù）地平安，永不反叛"之意。六安之名由此始，沿用至今。

再和史红雨老师和诗

喜鹊枝头叫不休，康宁吉庆六安州。
茶香酒冽桃夭艳，大美江山不胜收。

感谢史老师再和诗

大美江山不胜收，诗人随意放歌喉。
《沁园春》后《西江月》，春夏秋冬几度休？

减字木兰花·女神赞

天生娇贵，不让须眉担苦累。刻苦钻研，学霸常常是玉颜。
孝心父母，棉袄细心汤药煮。育女教儿，牛马精神天下知。

春江思绪

一江春水向东流，雅客凭栏有何求？
明月千年照川树，人生闪亮几回秋。

春悟

柳绿花红又一春，有开有落四时轮。
人非草木焉能比？追梦千年代代真。

无题（之六）

处暑烤高温，居家避热熏。
清欢茶味淡，独趣古诗吟。
泪目兰芝殁，击节子建文。
美篇佳句念，雨露润禾心。

无题（之七）

烟笼楼宇露凝珠，松柏青青嫩蕊酥。
腊八向前年味重，岁除一到换新符。

无题（之八）

四季轮流转，芳华一瞬间。
劝君多看淡，明月照沙湾。

无题（之九）

夙夜案头伏，累年毛发秃。
梦溪齐五柳，菊酒读"四书"。

饺子

皮滑肉嫩汤汁鲜，荤素随心蒸煮煎。
节日全家齐动手，欢欢喜喜庆团圆。

灯语

万家灯火繁星闪，腊月寒天夜不眠。
子女学习功课累，严慈康健孝心担。
经营盘算赢余少，企业加工获利难。
春夏秋冬看窗户，酸甜苦辣记胸间。

晓川吟草

冬闲

碧空水洗蓝，金虎照山岚。

风冷竹林瘦，天寒老犬憨。

赏梅庭院北，垂钓午山南。

年杪时光慢，邀朋把酒贪。

赞而叹之（题图诗）

肩扛被卷手提袋，怀抱娇儿累断腰。

步履艰难心向往，抬头举目路迢迢。

少长咸集吟

吟坛本是百花园，梅桂兰荷享季尊。

后起耕耘勤夙夜，仁贤引领比苏门①。

注释：①苏门：指苏门六学士（也有称苏门六君子），即秦观、黄庭坚、晁补之、张耒、陈师道、李廌（zhì）。

临水洞藏美酒赞

临水玉泉隧洞藏，十年八载酿琼浆。

高坛矮罐排罗汉，一口三杯醉阮郎。

欢畅添樽多快乐，忧怀把盏少柔肠。

迷宫之内灯光暗，错将导游作泰娘。

酒

酒是五粮精，越喝越醒清。

良朋情谊厚，老友胆肝同。

半百人生悟，一朝世故浓。

谁能三界外，不在五行中？

好茶

蝠牌茶叶品名优，生态有机产业遒。

致富脱贫济农户，山区发展创一流。

开学

风爽沐秋阳，欣欣上校堂。

老师迎小女，爸爸送儿郎。

课本闻香纸，书包衬艳装。

秋高鸣雁阵，年少梦飞扬。

晓川吟草

随感（之一）

偌大蚯虫变硬躯，蚍蜉众志位随移。
齐心弱小赢强大，蝼蚁家蜂克劲敌。

晨悟

赶早晨曦叶露凉，驱车郊外赴亲丧。
朝霞晚照弹指过，短暂春秋应自强。

行香子·乡愁

绿树笼庄，四面荷塘。庙南香，古井村旁。冠鸡宝地，风水呈祥。有鸡儿鸣，狗儿叫，稻儿黄。

养育儿乡，几断柔肠。忆双亲，秋梦惊凉。夜灯孤明，案卷迷茫。似风声呼，雨声紧，母声慌。

无题（之十）

岁月川流恒古韵，苍松翠竹长精神。
三千二百雄心在，大浪淘沙始见真。

六一偶得

尚有童心观世界，宁移白首度春秋。
百年岁月何其短，抱朴埋头做老牛。

学诗（之二）

忙里偷闲学写诗，唐风宋雅竹枝词。
兴观群怨篱前酒，不觉随心渐入痴。

铁树开花

金黄灿灿玉精雕，圆润灵光美瑾瑶。
植物芳华今绽放，为惊造化太妖娆。

无题（之十一）

时光成往事，草木伴山川。
昨夜相思月，明朝可乐天。
朱颜辞玉镜，沧海变桑田。
李杜今安在？千秋读雅篇。

晓川吟草

212

梅雨周末吟

梅雨绵绵闷热天，石头冒汗木头黏。

家居周末清欢味，左手茶壶右手篇。

霍邱钢城行

马店秋光异，钢城景象新。

田禾接天际，烟柱抵云尘。

感叹金刚钻，心仪电火轮。

蓼都山岳美，回首念村屯。

岁月吟

松风迎旧客，弹指一挥间。

牵手铜锣寨，推心龙凤园。

小河传故事，白马赋诗篇。

回首青山翠，真情石鼓磬。

小区叹

一幢挨一幢，这门对那门，
层层灯火亮，户户不相闻。
紫燕难造巢，白鸽苦躲身。
小区千百户，哪有旧邻亲？

忆旧

旧宅曾经伴幼年，柴门土灶缺衣穿。
囊萤夏夜画书抢，映雪炊烟草帽编。
过节逢年放鞭炮，婚丧嫁娶吃鱼鲜。
梦回故里人情厚，纯朴真诚一辈牵。

参观余杭乡村振兴感赋

（一）

稻香小镇美名扬，块块农田灿灿黄。
五大振兴领头雁，乡村如画看楼房。

（二）

慕名拜访古城村，别墅排排美景园。
产业增收多路径，文明典范未来奔。

良渚遗址观感

五千年实证，华夏古文明。

稻作生民众，城邦烟火荣。

玉琮雕信仰，陶罐见牺牲。

部落山川秀，余杭世界名。

叶集羊肉赞

大别山泉水，史河滩地羊。

农家手工烩，叶集美名扬。

清煮常身壮，红烧久齿香。

乡村有真味，每每记心肠。

崇明一日

（一）永乐藏红花专业村赞

崇明永乐藏红花，品质黄金户户夸。

深度加工增值快，乡村振兴一独花。

（二）新村稻米好

新村大米品名强，粒粒晶莹白玉光。

种植营销全企业，农民富裕喜洋洋。

（三）湿地游

西沙湿地^①海江边，野趣浓浓沼泽田。

泥蟹芦花杉树茂，鸟鸣白鹭水云天。

注释：①西沙湿地：这里指上海崇明西沙国家湿地公园，位于崇明岛西南端，总面积 4500 亩，是上海唯一具有自然潮汐现象和成片滩涂林地的自然湿地。

欢宴吟

周末荷园小聚餐，新朋旧友酒杯端。

诗词书法棋盘趣，忘却尘凡老少欢。

叶集新貌（新韵）

灿烂晨光楼宇丛，公园处处桂香浓。

长街宽阔车流远，商铺繁华物品丰。

工业新区厂林立，未名湖畔景葱茏。

今非昔比惊蝶变，六叶明天更兴隆。

养孙乐

（一）

孙儿就像小松苗，养护精心肥水浇。
雨露阳光好滋润，欣欣苗壮美乔乔。

（二）

陪伴身旁每一天，周全细致用情专。
三更啼哭每惊醒，昼夜疲劳苦也甘。

（三）

清晨一笑好乖乖，喂养孙儿是美差。
盼望天天健康长，爷爷奶奶乐开怀。

龙山吟（新韵）

传连师邀六安至交欢聚，昌茂老专员说年龄是个宝，意指老
当益壮。启敏老专员、西藏军区原王司令开怀畅叙，情真意切，
感而咏之。

年龄真是宝，欢宴落黄飘。
老少今相聚，情深酒量高。

初冬六安

乍寒还暖艳阳高，满地金黄落叶飘。

绚丽枫红映霞晚，六安十月胜春朝。

祝贺六安吟坛微刊诞生

（一）

小雨轻寒润孟冬，吟坛老友喜相逢。

举杯今岁豪情壮，放眼来年雅兴丰。

歌赋华章颂时代，诗心圣水育人龙。

微刊肇造开头顺，登上高台望岳峰。

（二）

微刊始创寄情怀，火焰红天众拾柴。

立足老区歌盛世，一枝独放艳山崖。

祝贺六安诗联微刊创刊两周年

淠水含情玉韵浓，南山耸秀看青松。

英雄土地传薪火，绿色征程育锐锋。

翰墨流光时代颂，华章溢彩浪潮冲。

皋陶故里人文萃，祝愿诗联雅什丰。

谢小南店人先生雅和，高挂其佳作：

步晓川先生雅韵敬和之

绿水舒眉醉意浓，秋收获满赏贞松。

淠河烟岸吟冬韵，大别层峦展笔锋。

先辈挥毫齐骤力，后生泼墨共腾冲。

情投沃土欢弘盛，心系皋城庆阜丰。

欢宴

（一）

驱车上派河，家宴笑声多。
或忆儿时趣，亦谈从业波。
平凡有真味，兴旺念爬坡。
倏忽青丝白，人生叹几何？

（二）

天鹅湖畔喜相逢，美酒欢歌友谊隆。
换盏推杯二难会，龙山心语味无穷。

随感（之二）

霜重朔风寒，怜君苦胆肝。
起居宜两好，饮食善三餐。
凡事天缘厚，禅心地域宽。
人生想明白，快乐莫凭栏。

临江仙·冬闲

年末天寒地冻，荷枯柳瘦飘黄。街头行者懒洋洋。盛衰随节令，蓄积靠冬阳。

四季轮回更替，人生起落凶祥。浪潮翻滚很平常。禅心观世界，湨岸读书郎。

人工增雨赞

小雨如酥润客心，入冬久旱降甘霖。

欣闻气象作为大，一炮升空赛万金。

金寨诗词楹联学会成立大会感赋

红土英魂在，江山岁月新。

大湾恩浩荡，金寨富均匀。

马岭层林染，天堂活水淳。

欢歌吟结社，美韵赋来春。

年末吟

日丽伴刀风，冰河映碧空。

虽无素装俏，犹有绿枝葱。

喜鹊鸣松杪，灰凫戏荻丛。

新年钟撞响，把酒赏梅红。

新年吟

开元艳阳暖，大地紫烟腾。

山水千秋画，城乡百业兴。

年头存愿景，岗位赋忠能。

吉庆家家旺，霞楼上几层。

跨年吟

倏忽白驹过，风霜染鬓花。

牛年轭头卸，虎岁韵文加。

雅志敲平仄，吟朋交迩遐。

闲情寄梅雪，乐在品诗茶。

新年吉言

万道霞光满眼金，蜃楼海市紫烟深。

新年伊始呈祥瑞，百业昌隆福祉临。

难忘今天（打油诗）

（一）儿时

走心腊八节，年关在眼前。

儿童皆欢喜，父母不得闲。

年货须准备，欠账怎么还？

人情大似债，子女新衣穿。

穷家年难过，过年如过关。

父亲头急白，母亲夜难安。

柴草和禽畜，上街卖点钱。

勉强把年过，一年又一年。

（二）结婚

走心腊八节，三十三年前。

自由恋爱好，执手结姻缘。

八盒糕点礼，骑车新人还。

亲朋来贺喜，每人十块钱。

花园酒店宴，一桌六十元。

新房公家配，家具很简单。

旅行三日假，合肥南京玩。

生活虽俭朴，日子过得甜。

（三）当下

走心腊八节，从公四十年。

年龄近花甲，霜染两鬓斑。

温饱有余足，车房已埋单。

身体尚康健，工作日渐闲。

儿子很努力，乖孙惹人欢。

畅享天伦乐，幸福在人间。

走心腊八节，过后就是年。

拙笔题顺口，祝福万万千。

观冬奥烟火预演感叹

流光溢彩胜朝霞，梦幻神奇绽九葩。

惊叹人间科技美，玉皇也想乘仙槎。

夜宴即兴

车水马龙傍晚行，邀朋约友乐飞觥。
年关将近人情重，义气云天好弟兄。

赞送春联（新韵）

文化下乡送对联，翻山越岭到三元。
祝福墨宝门头挂，四海同春过大年。

冰墩墩赞

熊宝萌萌态，冰晶外壳澄。
憨诚彰国粹，敦厚结良朋。
雪上飞天梦，京城展翅鹰。
和平之使者，闪亮奖台登。

乖孙理发记

欣逢祥瑞日，理发举龙头。
面带三分笑，亲牵二眼眸。
五官旺田地，脑袋善谋猷。
半岁通人意，后昆居大楼。

【双调·水仙子】清明祭

白云朵朵寄哀思，松柏青青展绿枝。香烟袅袅双亲祀，儿时夜话语，送上学肩膀驮之。父坚志，母大慈，心念如丝。

云祭双亲

清明天气朗，家祭望东乡。
松柏坟边子，白云心上香。
音容沾梦枕，话语励儿郎。
身在百程外，思亲跪冢旁。

诗心悟

当代新潮涌，扬帆正好时。
"二为"方向稳，"双百"鲜花奇。
笔墨歌民众，灵魂举赤旗。
情倾中国梦，嘹亮六安诗。

大观楼诗会斌

荷绽清池画，蝉鸣绿柳词。
群贤大观聚，众志泰山移。
旗帜召心愿，诗篇赋匠思。
相逢几杯酒，共庆谊如渠。

无题（之十二）

正值苗青结实期，骄阳暴晒积温资。
勿贪清爽盼阴雨，五谷丰登家国基。

无题（之十三）

酷暑熏蒸汗不干，空调瓜果绿茶端。
离乡奔波为生计，多少辛劳多少酸。

秋忙（新韵）

秋虎威风把火燎，汗流浃背像烧窑。
乡村正是拼搏季，起早摸黑重担挑。

祈雨

瓢水能收碗稻期，高温烈日众禾疲。
台风盼送及时雨，润泽平畴庄稼滋。

悼六安诗词学会原副会长姚弼先生

卅八黉门桃李丰，诗坛妙笔韵文工。

音容宛在春风笑，心痛良师少一翁。

井拔凉

有感朱公《乡愁一束　均河井拔凉》，敬和以乐尔。

暑气冲天裸脊梁，瓜棚檐下话家常。

无忧无虑庄稼汉，木桶葫瓢井拔凉。

高挂朱善云先生原玉：

乡愁一束　均河井拔凉

沙白水明傍柳荫，珍珠如沸急升沉。

千愁一剂清凉药，医得人间上火心。

敬皓抓周赞

秋高八月看金黄，枣紫榴红丹桂香。

敬皓抓周大家喜，亲人祝福满门祥。

一抓书本二抓笔，勤学诗文好学郎。

唯愿孙儿多吉庆，安康快乐更贤强。

【越调·寨儿令】叶集木业赞

史水滩，叶集湾，加工木材真不凡。三代维艰，四季难闲，十万工匠皆鲁班。前人绿化荒山，子孙勇闯雄关。龙头强产业，农户上马鞍。攀，踏浪正扬帆。

双节慰问敬老院

9月29日上午，我们一行到平岗益佳敬老院慰问，向老人们送上国庆、重阳双节的美好祝福！带上了生活用品以表心意，更送上了杨传连先生的墨宝，内容是我前不久到益佳看望时写的一首七律。慰问活动圆满喜乐，拙律记之。

国庆尧天喜，重阳父老欢。

平岗秋色美，双节爱心丹。

慰问添炉火，关怀饷饭餐。

真情画屏里，翰墨绽春兰。

晨练闻征雁鸣有感

太极朝霞满目晖，一声鸣雁又南飞。
平生往返苦多少，搏击长空马步威。

叶集高庄村参观记

（一）高庄印象

风和日丽到高庄，林茂路宽秋韵扬。
画卷乡村迷客眼，红砖黛瓦看楼房。

（二）泉河

泉河玉带舞长龙，缠绕平畴气势雄。
灌溉良田千万亩，齐王脚下见昌隆。

（三）神龟

独卧泉河姿态神，清流为伴月为邻。
风霜雪雨千秋过，喜看人间景象新。

（四）夫妻树

高庄东去有奇珍，乌桕扶芳身贴身。
华盖葱茏溪畔立，相生相伴度秋春。

杂感（新韵）（之二）

收获时光尽，寒冬脚步声。

有时须虑寡，窘境莫贪名。

贵在平常态，珍惜当下宁。

得失无所谓，福气自腾腾。

【双调·水仙子】孟冬家乡

冬阳灿灿紫烟轻，阡陌茫茫麦菜青，农庄默默人声静。灯笼红柿景，伴丹枫、乡趣纷呈。乡愁病，乡土情，梦绕魂灵。

寒冬吟

又到流年雨雪时，收官布局未为迟。

飘黄飞彩萧萧季，辞旧迎新挺挺枝。

春夏秋冬随节序，悲欢离合任天规。

兴衰消长寻常态，冰冻阳升热土滋。

孟冬

时至初冬雨露滋，城乡风景比春奇。

枫红菊艳芦花白，峻岭登临赋好诗。

寒潮（之二）

夜半惊心动地来，摧枯拉朽始登台。
挥师南下越千里，雨雪风霜任意裁。

开门红

年初岁尾忙，谋划著鸿章。
发展当推手，更新露剑芒。
民生头等事，稳定首条纲。
争取开门吉，欢歌彩帜扬。

望星空

浩瀚星垣寻百忍，遥情朔望玉雕盘。
谪仙酒盏邀明月，铁冠琼楼叹阙寒。
黎庶钟期牛女会，温搽仰首赋辞弹。
难求姑射兼双美，滚滚春雷任凭栏。

冬忙

职事逢冬紧，创优竞岁前。
晨霜沾履浥，晚雨浸衣单。
体倦文山苦，心劳会海专。
情关黎庶冷，责系庙堂牵。

次韵奉和俊超先生《无题》

八斗江淮分水岭，从来易旱苦伶仃。

欣逢总干①天河济，喜饮山泉地产灵。

百里工人移石土，千年古镇育文星。

今非昔比梧桐树，一石高才出皖亭。

注释：①总干，这里指淠河总干渠。

高挂赵俊超先生原玉：

无题

家乡赖曹植而名，子建才高八斗，我亦苦深八斗，无愧"八斗"之名，一笑。

八斗岭中田半亩，但逢困苦倚柴扃。

云飞未必冲天志，时转无关北斗星。

草木稀疏山绝俗，阴晴变幻水通灵。

他人按剑弹冠笑，我寄乡心黍稷青。

晓川吟草

赞新体育馆落成

飒爽秋风送瑞祥，漯河左岸彩旗扬。

馆成典礼欢歌奏，孔雀栖巢赛事忙。

加大投资兴教本，提升体育促宁康。

民生改善功勋业，六地平安日月光。

文明岗

谁家女子着丹装，创建文明站路旁。

秋雨凉风飘落叶，温馨红帽送安康。

文明创建

手把红旗站路旁，文明创建着红装。

哨鸣引导老残助，风景鲜明亮暮光。

家具厂赞

日落萤飞天暑热，机鸣厂亮技师忙。

加工实木成桌椅，定制学园是寝床。

一板一钉钉铆紧，千轴万榫榫坚强。

难为企业经营苦，更有人文重任扛。

长江禁捕有感

滚滚长江东入海，悠悠万古月徘徊。

渔帆点点春江静，钓线沉沉酒盏抬。

忽见星星舟火闹，又闻一一种苗哀。

今颁禁捕十年令，扬子鱼儿跃起来。

祝贺中国队夺十四金

（一）

中国军团气势宏，凯歌嘹亮战东瀛。

每天捷报传新喜，华夏人民好悦情。

（二）

曼妙身姿溅水花，齐心接力冠军拿。

青春绽放升旗美，载誉归来四小丫。

崇明第十届中国花博会赋

花博崇明一马先，花开富强梦初圆。

珍稀化石森林茂，富贵天香色彩鲜。①

造化神奇钟毓秀，大千美妙聚齐全。

瀛洲沪海良珠灿，世外桃源谱雅篇。

注释：①"珍稀化石"指植物中三大活化石之一的水杉，崇明森林公园水杉
茂密。"富贵天香"指牡丹，花博会"梦花园"核心区"牡丹绽放，喜迎盛世"。

晓川吟草

跋一

《晓川吟草》收录了袁孝友先生近几年来创作的诗词曲作品，记录了先生在工作生活之余的所见、所闻、所想、所感、所思、所悟。

这是先生自从事诗词创作以来作品较为全面的一次收集，全面、真实、客观地反映了一位诗人诗词创作的过程，原汁原味地呈现了一位诗人作品成长的历程。本集作品更像一个孩童成长的全部经历，是一个绽放激情梦想的历程，是一个满怀认知渴望的历程，也是一个充满艰辛汗水的历程。

先生的诗词托物言志、借物咏怀。在描绘自然山水时惟妙惟肖、栩栩如生，你看"秋风染绿黄，夜雨润初凉。伤感梧桐瘦，凄情荷叶殇"（《秋赋》）。在刻画人物情感时温柔细腻、含情脉脉，或灵动，或活泼，或舒展，呈现出别样的诗意人生，你品"抓周才一月，就把脚跟抬。……万里鹏程远，从今上舞台"（《乖孙学走路》）。

读先生的诗词，便能感悟先生的诗心。

先生是一位充满情怀的诗人。"人事无常天有常，中和守正自祺祥。"（《感悟为戒》）"百年孤独几人知，利禄功名蚂蚁痴。幽记小窗清毒散，安康福寿悉遵之。"（《读〈小窗幽记〉感言》）先生把情感融汇在文字里，体现出深厚的艺术哲思和丰富的人生思考。

先生是一位敏而好学的诗人。"苦难雕琦树，高楼觅坦途。人疲骝尫尫，矢志慕鸿鹄。"（《读〈人间词话〉手稿二有感》）"倏忽白驹过，风霜染鬓花。牛年轭头卸，虎岁韵文加。"（《跨年吟》）先生引经据典，旁征博引，博观约取，寸积铢累，展现出扎实的文学功底。

先生是一位刻苦勤奋的诗人，平均每天创作一首诗词，笔耕不辍，坚持不懈，一以贯之，体现了他对诗词的挚爱坚守。

先生更是一位忠诚尽职的诗人。先生 2009 年到市编办工作，2012 至 2021 年任编办主要领导近十年，2021 年转岗到市人大，2022 年 12 月经省委批准任二级巡视员，享受厅级领导干部待遇。在编办工作的十余年里，先生倾尽心血、呕心沥血，攻坚克难、锐意进取，在机构编制改革、管理、服务、法制化建设等方面都取得了显著成效，很多改革经验在全省乃至全国得到推广，得到多位中央编办、省委编办领导的高度认可。先生对六安的机构编制事业，可谓厥功至伟、影响深远，可总结概括为"形成了一套管长远、利长久的规范性制度，培养了一批敢打善拼的专业性干部"。《沁园春·赠诸君》是先生离开体制内时的赠言，最能体现先生对机构编制事业的满腔热爱和真挚情怀。"回首匆匆，风雨耕耘，砥砺十年。正改革浪涌，创新柳绿；寸心款款，绳墨严严。众志成城，你追我赶，如履如临冲在前。忆来路，任风吹浪打，气定神闲。人生自古多艰。踏浪者、激流天地间。贵初心不改，宏图云鹤；精神抖擞，意志鸿磐。五岳登临，风光无限，无愧时光赋美篇。新时代，愿春风浩荡，捷报频传。"写诗作词，不仅需要灵感的引领，更需要情感的驱动。唯愿青山不改，绿水长流；唯愿和顺致祥，幸福安康；唯愿行而不辍，未来可期。

韦秀奇

癸卯年孟春

晓川吟草

跋二

袁孝友先生，中华诗词学会会员，安徽省诗词学会会员，安徽省作协会员，六安市诗词楹联学会顾问。先生在《诗选刊》《中国当代散曲》《庐州诗苑》等发表诗词上百首，在《清明》《散文百家》《安徽日报·黄山副刊》《皖西日报》《淠河》和"中安在线"等发表散文随笔数十万字。

此诗集收录了先生近几年来创作的诗词曲作品，记录了先生在工作生活之余的所见、所闻、所想、所感、所思、所悟。

拜读先生诗集，就像和一位淳朴而睿智的老人促膝交谈。朴实的语言背后，是先生对历史深刻的理解和对现实敏感的观察。歌以咏志，文如其人。拜读先生佳作，不仅感受到诗歌的光芒和魅力，更敬仰先生用以承载才华的厚重人品。

"落叶钟情土，残荷美画潮""醉卧绿都园，荫凉伴唱蝉""影孤心事重，岁暮意情禅"，一诗一世界，一字一如来，这些文字，是先生淡泊人生的写照。诗中有工作之余的妙笔生花，有人生路上的直抒胸臆，展现出先生丰富的人生阅历、深邃的人性思考、独有的人格魅力。

由于数十年心血的积累和沉淀，先生的诗词像一坛陈年的酒，无论何时去品，它都历久弥香；诗意间蕴藏的天真和浪漫，使先生的诗词像一朵永不凋零的花，无论何时去看，它都灿烂如春；在喧嚣浮躁的时代背景音下，先生的诗词像一首永不终结的曲，无论何时去听，它都沁人心脾。

诗词是人类精神世界所必需的营养，是个人品格升华不可或缺的催化剂，阅读、创作诗词是高贵典雅的精神活动，诗意的人生是浪漫幸福的人生。先生是我的老领导，曾给予我诸多关心和教诲。先生曾担任县委常委、市直部门主要负责同志，特别是在市委编办工作期间，在促改革、强管理、提效能、优服务方面，在党政机构改革、事业单位改革、乡镇机构改革、实名制管理、清单制度建设、聘用人员管理等方面取得了显著成效，得到上级和市委、市政府高度肯定。先生工作认真，闲暇之时，手不释卷，爱好作诗，文人雅客，济济一堂。他在领导岗位上几十年勤政务实，呕心沥血，退休后寄情诗词，颐养天年，用诗词记录点滴，得佳作数百篇，让人由衷敬佩。

经过时间的筛选，优秀的诗词必将超越民族、超越国界、超越语言、超越时空，成为不朽的经典，叩击一代又一代人的心灵，给人以艺术的享受和熏陶。

翻阅《晓川吟草》，走进艺术殿堂，感受无限魅力。

李晓天

癸卯年孟春

晓川吟草